W0264909

Bloedkoraal

Linda van Rijn

Bloedkoraal

Thriller

uitgeverij marmer

Hoofdstuk 1

De trein kwam met een piepend geluid tot stilstand en Emily van Son pakte het handvat van haar donkerblauwe koffer stevig vast. Ze trok de duwstang uit en stond op, aansluitend in de rij voor de deur. Achter haar mondkapje had ze jeuk aan haar neus, maar ze durfde niet te krabben. Ze keek om zich heen. Het bleef een gek gezicht. Kantoormensen, studenten, pubers, bejaarden, stewardessen die hun werkkleding al droegen – iedereen liep rond met zo'n half afgeschermd gezicht. Als je lekker frivool was, had je een kapje met een wilde print genomen. Zijzelf droeg er eentje uit zo'n pak van vijftig stuks, de rest van de verpakking zat in haar bagage.

De deuren van de trein schoven met een zucht open en

de stroom kwam in beweging. Zoals altijd wanneer ze op Schiphol uit de trein stapte, voelde ze een lichte opwinding. Hier hing de geur van vakantie, de sfeer van de wereld. Al ging je maar een broodje halen op Schiphol Plaza of moest je rennen om je overstap naar de volgende trein te halen.

Zijzelf hoefde niet te rennen. Nog twintig minuten tot het halftwee was, het tijdstip waarop ze zouden verzamelen bij het meetingpoint. Tweeënhalf uur voor het vertrek van de vlucht naar Samos.

Terwijl ze zich met de rolbaan omhoog liet voeren, van het station onder de luchthaven naar de Plaza, probeerde Emily zich een voorstelling te maken van het gezelschap waarmee ze de komende acht dagen zou reizen. Zoals gebruikelijk bij een persreis, was de namenlijst rondgemaild. Eén ervan had ze meteen herkend. Floor Goedeman. Niet een naam waarop ze had gehoopt.

'Misschien kunnen jullie er spiritueel uit komen met elkaar', hadden haar collega's op de redactie grappend gezegd. 'Het universum heeft grote plannen met jullie.'

Emily had meegelachen, maar ondertussen bezorgde het vooruitzicht van een ontmoeting met haar oud-collega haar een vaag gevoel van onrust. Het mocht dan een jaar geleden zijn dat ze Floor had gesproken, ze was het laatste gesprek niet vergeten.

Floor was nu freelancejournalist, zo had achter haar naam gestaan. Aanwezig namens een magazine over reizen waarvan Emily eerlijk gezegd nog nooit had gehoord. Toen ze het had opgezocht, bleek het om een online magazine te gaan. Ergens was het prettig te weten dat Floor blijkbaar leuke werkklussen had. Misschien maakte dat het wat beter.

Emily haalde een broodje en een kop koffie en liep toen naar het meetingpoint, waar al een groepje mensen stond te wachten.

'Hai, ik ben Laura. Van het pr-bureau. Wij hebben contact gehad via de mail.' Een jonge vrouw in een strak T-shirt en een nog strakkere spijkerbroek kwam naar haar toe. Emily wilde haar elleboog al uitsteken, wat nog steeds een ongemakkelijke maar inmiddels wel gangbare manier van begroeten was. De jonge vrouw vouwde echter haar handen voor haar borst en maakte een lichte buiging. Emily volgde haar voorbeeld. Dit paste waarschijnlijk ook een stuk beter bij het thema van de reis. 'Ik ben Emily', zei ze. 'Van *Shine*.'

'Ah, Emily.' Laura liet een glimlach van oor tot oor zien. 'Leuk je te ontmoeten. Welkom. Ik zal je voorstellen aan de rest.'

Nog niet iedereen was er en Emily stelde zich voor aan twee vrouwen die allebei klein en vrij rank waren. De ene droeg een kleurrijke jurk en rinkelende armbanden en paste precies in het plaatje dat Emily voor zich had gezien bij de term 'spirituele vakantie'. Ze heette Marjolein en praatte zo zacht, dat Emily haar naam pas de tweede keer verstond. De andere vrouw was kordater en droeg een broek met een zeegroen motief en een simpele, witte blouse. Ze stelde zich voor als Barbara en had lichtblauwe ogen met spikkeltjes erin, waarmee ze Emily opgewekt en onderzoekend aankeek. 'Leuk je te ontmoeten. Ik werk voor de krant.'

Emily noemde haar eigen naam en die van haar magazine, en stelde zich daarna voor aan een man die Arjan heette en ook al zo'n zachte stem had.

Er kwam nog iemand aan. Emily herkende haar gestalte van een afstand, net als het loopje met de iets afhangende schouders. Ze droeg nog altijd een bril met een donker montuur. Vlak voor ze de groep bereikte, deed ze haar mondkapje af.

'Hai Floor', zei Emily, voordat haar oud-collega zich aan de rest had voorgesteld. Ze vroeg zich af hoe ze haar moest begroeten. Een elleboog of ook maar een buiging? Het was op zich niet vervelend dat een begroeting met drie zoenen door corona een stuk minder vanzelfsprekend was geworden.

Toen ze geen beslissing nam, ging het moment van begroeten vanzelf voorbij. 'Hoe is het?' vroeg Emily alleen maar, haar handen langs haar lichaam.

Floors stem klonk neutraal. 'Goed. Met jou?'

'Ja.' Emily knikte. 'Ook goed. Leuk dat je er ook bent.'

Waarom zei ze dat? De blik in Floors blauwe ogen veranderde niet, het leek alleen alsof ze kort en bijna onmerkbaar haar wenkbrauwen optrok.

'Hé, hallo', klonk Laura's opgewekte stem. 'Jij moet Floor zijn.'

Emily keek toe hoe degene die bijna een jaar geleden met spreekwoordelijke slaande deuren de redactie van *Shine* had verlaten, nu een rondje maakte om zich voor te stellen aan de rest. Het handvat van haar grijze koffer liet ze geen moment los.

'Gezellig', hoorde ze in gedachten Cynthia weer zeggen toen Emily Floors naam op de lijst had voorgelezen. Cynthia en Floor hadden niet tegelijkertijd op de redactie gewerkt, maar Cynthia wist door borrelverhalen van andere collega's wel enigszins hoe de vork in de steel zat. Emily had haar oud-collega na haar vertrek bij *Shine* nooit meer gesproken, maar koesterde zeker niet de illusie dat ze met een stralende glimlach zou worden begroet. Floor was van nature toch al niet van het stralende soort.

De rest van het groepje was ook gearriveerd en met z'n achten zetten ze koers in de richting van de incheckbalie. Het was rustig op Schiphol, de invloed van corona was nog altijd duidelijk merkbaar. Ze waren meteen aan de beurt bij het inleveren van de koffers en daarna weer, bij de handbagagecontrole.

Emily dwaalde een uur rond door de winkeltjes, blij dat ze niet geacht werden als groep alles samen te doen. Die persreizen had je ook. De vorige keer – toen een bekend sieradenmerk een groepje journalisten had uitgenodigd om het atelier in Dubai te bezoeken en drie dagen door te brengen met zon, strand en feest – had het wel een schoolreis geleken. De reisleidster, in de persoon van de marketingmanager van het merk, hield nog net niet zo'n stok met een sjaaltje eraan omhoog.

Hoelang was dat nu geleden? Anderhalf jaar? Sinds ze een jaar geleden hoofdredacteur van *Shine* was geworden, had ze geen persreizen meer gemaakt. Ze werd met regelmaat uitgenodigd, maar schoof meestal iemand anders van de redactie naar voren. Ze had vaak genoeg gewerkt met hoofdredacteuren die alle krenten uit de pap voor zichzelf inpikten, en had met zichzelf de afspraak gemaakt dat ze zo niet zou worden. Dit reisje naar Samos had ze ook aan Cynthia, een van de redacteuren, gegund, maar die had erop gestaan dat Emily nu eens zelf zou gaan.

Samen hadden ze grinnikend de persuitnodiging zitten lezen. *Een gloednieuw, spiritueel resort, waar vakantie een diepere reis naar jezelf betekent.*

'Echt iets voor mij', had Emily een tikje cynisch gezegd, al had de in de uitnodiging beloofde volledige ontspanning haar aangesproken. Het was een druk jaar geweest. Sinds ze de onverwachte kans had gekregen hoofdredacteur te worden, had ze het gevoel dat ze zich elke dag moest bewijzen. Voor zichzelf voornamelijk, want haar baas Wouter was eigenlijk altijd tevreden. Dat was misschien ook niet vreemd nu ze dag en nacht had gewerkt om de verkoopcijfers van het magazine en de bezoekersaantallen van de website substantieel te verhogen. Tegen de markt in, zei Wouter altijd, in zijn presentaties aan belangrijke adverteerders. Daarbij hield hij dan zijn vinger omhoog, als teken dat aandacht geboden was.

Bijna zonder nadenken was ze de boekwinkel binnengelopen en had ze *Shine* in het tijdschriftenvak vooraan gezet, zodat het blad meteen opviel bij mensen die een magazine zochten. Een bekende kwaal van iedereen die bij een tijdschrift werkte. Ze keek wat rond bij de thrillers en kocht er uiteindelijk eentje met een zonnig omslag, passend bij het weer op haar bestemming. In Nederland zou het de komende week regenen en de gedachte aan de zon deed haar goed. Ze had het programma doorgenomen en vastgesteld dat er gelukkig voldoende vrije tijd was, tussen de yogasessies, verschillende soorten meditaties, reiki en energetische healings door. Op het programma had ze meerdere workshops en lessen gezien met namen waarvan ze nog nooit had gehoord. Alles was facultatief, dat stond er expliciet bij. Wie niet wilde, hoefde niet z'n hele ziel en zaligheid bloot te leggen of deel te nemen aan activiteiten als *access bars* of een sessie met een medium. Emily had het meteen gegoogeld. Access bars was een behandeling waarbij je door middel van aanraking van meer dan dertig speciale punten op je hoofd beter in je vel ging zitten. Meer rust, minder belemmeringen, energiebanen die weer op de juiste manier gingen stromen en een ziel die opnieuw tot zichzelf kwam. Ze moest toegeven dat ze bij het rijtje resultaten zo'n beetje alles als wens had kunnen aanvinken.

Emily was vastbesloten om aan zoveel mogelijk activiteiten deel te nemen. Als ze zich dan toch liet onderdompelen in een 'spirituele reis naar zichzelf', dan wilde ze er ook het maximale uit halen. Vooral omdat ze voor de lezers van *Shine* een zo eerlijk en open mogelijk verslag wilde schrijven van dit spirituele resort, ze had er niet voor niets acht pagina's voor gereserveerd. Dan moest ze ook laten zien wat er allemaal te doen was en daar kon ze alleen iets over zeggen als ze het aan den lijve had ondervonden. En ze had er ook echt zin in om het allemaal uit te proberen. Uit haar comfortzone stappen, loskomen van het dagelijks leven – dat had ze eigenlijk al te lang niet gedaan. Bovendien kon het vast geen kwaad zich eens met spiritualiteit bezig te houden. Normaal gesproken deed ze dat immers zelden. Nooit, eigenlijk.

Bovendien was het sowieso geen straf om een week in het resort te verblijven. Het diepblauwe zwembad, de prachtige tuin, het strand – op de foto's zag het er allemaal schitterend uit. Kosten noch moeite leken gespaard te zijn om van het hotel een paradijsje te maken.

Maar het was dan ook *de levensdroom van een spirituele ziel* om dit resort te realiseren. Die zin stond in het persbericht en hoewel Emily bij het lezen ervan haar wenkbrauwen had gefronst, was ze er ook nieuwsgierig door geworden. De spirituele ziel in kwestie was een man genaamd Antonie Singha, een vijfenveertigjarige Amsterdammer die in zijn jaren als twintiger zijn leven bijna had vergooid in de snelle wereld van casino's, drugs, vrouwen, auto's en geld. Op zijn negenentwintigste was hij tot inzicht gekomen – er stond niet bij wat dan precies tot dat inzicht had geleid – en had hij zijn leven radicaal omgegooid. Geld, vrouwen en dure spullen eruit, spirituele verlichting erin: zo ongeveer was het gegaan. Lange tijd had Antonie zich in Amsterdam en omgeving gericht op het geven van allerlei trainingen en cursussen, waarmee hij naar eigen zeggen duizenden mensen de juiste richting op had gekregen. Hoewel hij daar nog lang niet klaar mee was, had een innerlijke kracht hem ertoe gedreven zijn droom te realiseren. Daarvoor had hij keihard gewerkt, met het resort op Samos als uitkomst. Een resort waar hij vooral van alles wilde laten samenkomen, mensen op een nuchtere manier hogere inzichten wilde verschaffen – Emily was benieuwd hoe dat in z'n werk zou gaan, want de healings en behandelingen kwamen op haar niet heel nuchter over – en waar hij door wilde gaan met het bewegen van mensen om verder te komen in hun leven. Verder, en dieper.

Het was allemaal iets te hoogdravend naar Emily's smaak, maar goed, een persbericht was doorgaans ook niet de plek om subtiel en bescheiden te zijn. En haar nieuwsgierigheid was gewekt. Bovendien wist ze dat de lezers van *Shine* benieuwd waren naar spirituele onderwerpen, vooral waar het nieuwe dingen betrof. Als het artikel maar eerlijk en objectief was geschreven en niet een promopraatje voor allerlei workshops vormde.

Ergens was Emily zelf ook wel benieuwd naar de man die met een diepe blik in de lens van de camera staarde op de foto die bij het persbericht stond. Van het geven van spirituele cursussen naar het opzetten en runnen van een resort in het buitenland, was een hele stap. En geen makkelijke stap, zeker nu door corona de reisindustrie zo goed als stil was komen te liggen. Het resort zou eigenlijk al in mei opengaan, maar de opening was uitgesteld tot augustus. Dat moest een behoorlijke tegenslag zijn geweest.

Ze keek op haar horloge. De afgesproken verzameltijd bij de gate naderde en Emily begon in die richting te lopen. Eenmaal daar voegde ze zich bij het groepje en beantwoordde nog snel wat mails op haar telefoon. Ze vond bijna alles leuk aan haar baan als hoofdredacteur, maar de constante stroom e-mails hoorde daar niet bij.

Dat was dan ook het enige, bedacht ze, terwijl ze een bericht van de salesmanager beantwoordde. Verder kon ze soms nog steeds niet geloven dat ze een jaar geleden deze baan gewoon in de schoot geworpen had gekregen. Ze werkte als redacteur en had zichzelf in de kijker gespeeld met de opzet van een nieuwe website en een aantal specials voor adverteerders. Toen Annelies, de vorige hoofdredacteur van *Shine*, vertrok, had Wouter Emily gevraagd te solliciteren. Omdat ze een zeer goede kans maakte, had hij erbij gezegd. De sollicitatieprocedure had toen weinig meer voorgesteld.

Ze keek naar Floor, die een paar stoelen verderop zat en onafgebroken naar haar telefoon staarde. Ze had haar mondkapje weer opgezet, een modieus geval met een soort rood-paarse aquarel erop. Toen Emily begon in haar nieuwe functie, was Floor nog altijd een van de redacteuren van *Shine* geweest, maar al snel had Emily gemerkt dat dat geen houdbare situatie was. Floor had zichzelf gezien als de gedoodverfde opvolger van Annelies en ze was woedend geweest toen Wouter niet haar, maar Emily had gevraagd.

Eerst had Emily niet in de gaten gehad hoe diep die woede bij Floor zat. Ze ging ervan uit dat het hele team zin had om *Shine* nog mooier en beter te maken en om die motivatie nog eens extra te onderstrepen, had ze in haar eerste maand al een borrel bij een strandtent georganiseerd. Die was vooral bedoeld geweest om haar plannen uit de doeken te doen en het teamgevoel te versterken. Floor was die dag niet komen opdagen en toen Emily haar belde om te vragen waar ze bleef, had ze gezegd dat ze ziek was. Emily had haar geloofd en haar beterschap gewenst.

Maar in de weken daarna was gebleken dat Floor zoveel wrok koesterde, dat haar gedrag onhoudbaar was geworden. Bij elke redactievergadering had Floor al Emily's ideeën afgedaan als oninteressant, cliché en geestdodend. Ook zonder dat haar mening werd gevraagd. Ze probeerde anderen tegen Emily op te zetten, wat gelukkig niet was gelukt. Een aantal keer was Emily het gesprek aangegaan, maar telkens had Floor schouderophalend als een puber gezegd dat ze toch zeker wel haar mening mocht geven. Emily was naar Wouter en HR gegaan om te vragen of Floors gedrag reden kon zijn voor ontslag, maar gelukkig was het zover niet gekomen. Drie maanden na Emily's start als hoofdredacteur had Floor aangekondigd dat ze een nieuwe baan had. Nog dezelfde middag was ze vertrokken.

Ze had blijkbaar de eerste de beste baan die ze kon krijgen aangenomen en dat was die van contentredacteur bij een website over tuinieren. Een opmerkelijke keuze voor iemand die zelf driehoog woonde met alleen een balkon, en het dienstverband was dan ook geen lang leven beschoren. Daarna was ze als freelancer verdergegaan. Emily gunde haar heus het beste, maar had uiteraard geen seconde overwogen haar in te huren.

De plek van Floor op de redactie was ingenomen door Cynthia, en zij was een lot uit de loterij gebleken. Hun samenwerking was niet alleen goed, ze gingen inmiddels als vriendinnen met elkaar om. Een vriendschap die Emily in het begin had afgehouden en waar ze nog steeds niet mee te koop liep, omdat ze natuurlijk ook Cynthia's leidinggevende was. Maar allebei waren ze prima in staat om werk en privé te scheiden.

Er werd omgeroepen dat het boarden begon en Emily stopte haar telefoon in haar tas. Het was niet druk op de vlucht en verrassend snel kon ze doorlopen naar het vliegtuig. Ze nam plaats naast een vrouw van haar eigen leeftijd met een mokkakleurige huid en zwart haar dat in jaloersmakende krullen op haar rug danste. Ze had zich als laatste bij de groep gevoegd, zich uitputtend in excuses dat ze aan de late kant was. Emily had nog niet de kans gehad om kennis te maken.

'Zara, was het toch?'

'Ja, klopt. Met een z.'

'Zo gek,' zei Emily half grinnikend, 'maar ik heb het gevoel alsof ik je al jaren ken.'

'Echt?' Zara keek opzij, iets van blije verrassing in haar blik. 'Wat grappig dat je dat zegt, ik heb hetzelfde met jou. Oude zielen, misschien.'

Emily bleef glimlachen en probeerde het gênante moment voorbij te laten gaan. Haar opmerking was een flauw grapje geweest met betrekking tot de bekende winkelketen. Gezien de insteek van deze persreis had ze kunnen verwachten dat haar woorden serieus genomen zouden worden.

Er liep een stewardess voorbij, die Zara vroeg haar stoel

helemaal rechtop te zetten en haar gordel vast te maken. Tegen de tijd dat de vrouw doorliep, was het onderwerp gelukkig vanzelf verdwenen.

'Je bent blogger, toch?' vroeg Emily. Dat had ze op de namenlijst al gezien.

'Ja, klopt, ik heb mijn eigen site', zei de vrouw dan ook. 'Zarawordtzen.nl. Daar blog ik over allerlei spirituele onderwerpen. Ik probeer zelf dingen uit, maar ik schrijf ook interviews en recensies over spirituele boeken waar ik wel of niet iets aan heb gehad.'

'Leuk', zei Emily. Voorafgaand aan de reis had ze zich voorbereid door de media waar haar medereizigers voor werkten, allemaal op te zoeken. Op Zara's site had ze her en der stukjes gelezen en ze was gegrepen door de vrolijke, nuchtere schrijfstijl.

'Wat leuk dat je dat zegt', zei Zara, toen Emily dat hardop uitsprak. 'Dat is precies mijn doel: geen zware, onbegrijpelijke artikelen over veel te diepgravende onzin. En ik heb zeker niet de waarheid in pacht.'

'Wie wel?' zei Emily.

Zara glimlachte en haalde haar schouders op. 'In de wereld van de spirituele cursussen wemelt het van de mensen die beweren dat ze dat wel hebben.' Ze keek Emily aan. 'En jij? Waar werk jij voor?'

'*Shine*.'

'Wauw', zei Zara. 'Wat doe je daar?'

'Ik ben hoofdredacteur.' Emily glimlachte wat gegeneerd toen ze de bewondering in Zara's ogen zag. 'Dat klinkt interessanter dan het is, hoor', voegde ze er snel aan toe.

'We hebben niet zo'n grote redactie en in de praktijk maken we het blad echt met z'n allen.'

Ze wist niet waarom ze dat deed, haar eigen werk naar beneden halen. Ze had altijd moeite met bewonderende blikken die volgden als ze haar functie noemde. In tegenstelling tot collega's die op Instagram niet anders deden dan elke vergadering, elke presentatie en elke perslunch opkloppen tot het punt dat ze zelf wel sterren leken. Dat had ze sowieso nooit begrepen.

'Ik vind het knap hoe jullie elke keer weer verrassend weten te zijn', zei Zara. 'Volgens mij is het in deze tijd niet makkelijk om een tijdschrift te runnen, zeker financieel.'

'Dat klopt', zei Emily. 'Dalende grafieken zijn in de branche al heel normaal. Al moet ik zeggen dat wij vooralsnog gespaard blijven, wat ook door de website komt.'

'En de adverteerders?' Zara keek verontschuldigend. 'Sorry voor mijn vragen. Ik werkte vroeger op de marketingafdeling van een uitgeverij, voor ik besloot dat ik liever wilde schrijven. Maar ik ben nog altijd nieuwsgierig naar hoe bladen in leven worden gehouden.'

Emily grinnikte. 'Dat is niet altijd makkelijk, maar gelukkig hebben wij de luxe van grote en zeer trouwe adverteerders. Daar doen we ook veel moeite voor en het betaalt zich uit in een aantal grote deals met klanten die precies bij ons passen.' Ze voelde hoe het vliegtuig zich in beweging zette. De purser riep iets om door de speaker. 'Maar volgens mij heb jij ook niet te klagen', zei ze tegen Zara.

De vrouw schudde haar hoofd. 'De eerste twee jaar was het wel lastig, toen kon ik mijn blog alleen maar naast mijn werk runnen. Maar sinds een jaar verdien ik er genoeg mee om van te leven.' Ze keek even nadenkend voor zich uit. 'Ik heb de gaafste banen gehad, maar de vrijheid om alleen maar te doen wat je leuk vindt, is onbetaalbaar.'

'Dat kan ik me voorstellen', zei Emily. 'En dan ook nog leuke persreizen maken.'

Zara had het programma van de reis op haar schoot liggen en hield het glimlachend omhoog. 'Dit is wel echt een leuk reisje', zei ze. 'Dat maak je niet vaak mee. Zeven dagen helemaal verzorgd in een spiksplinternieuw resort, ik kon het bijna niet geloven toen ik de uitnodiging las.'

Emily knikte en haalde het programma van de reis uit haar tas. Het was iets meer dan drie uur vliegen naar Samos en daarna zouden ze in twintig minuten bij het resort in de buurt van het plaatsje Pythagorion zijn. Emily vond het leuk om terug te gaan naar Samos. Ze kende het eiland al, toen ze jonger was had ze een tijdje gedatet met een jongen die ervandaan kwam. Nikolai. Hij had destijds in Amsterdam in een café gewerkt, maar was uiteindelijk teruggegaan naar het eiland waar hij geboren was. Emily had hem daar nog een keer opgezocht, maar de verliefdheid die ze in Amsterdam hadden gehad, was tegen die tijd bij beiden al verdwenen. In de maanden daarna hadden ze nog wat berichten uitgewisseld in een halfslachtige poging een vriendschap in stand te houden. Ze had al een hele tijd niet meer aan hem gedacht, maar voorafgaand aan deze persreis had ze hem natuurlijk opgezocht op Facebook. Hij had tegenwoordig een vriendin met wie hij een bar runde. Een populaire plek bij toeristen, vooral surfers en duikers, als ze Tripadvisor mocht geloven. Even had ze op het punt gestaan om hem een berichtje te sturen, maar ze had het niet gedaan. Als er tijd voor was en als ze er zin in had, kon ze gewoon bij de bar langsgaan. Ze vroeg zich af of hij haar zou herkennen.

Ze stopte een stukje kauwgom in haar mond toen de motoren begonnen te loeien. Snel deed ze haar mondkapje weer op z'n plek. Het volgende moment werd ze in haar stoel gedrukt toen het vliegtuig vaart maakte op de startbaan. Vrij snel gingen ze de lucht in en voelde ze de gebruikelijke lichtheid in haar hoofd en de druk op haar oren. Amsterdam strekte zich grijs onder haar uit. Ze sloot haar ogen en dacht aan de blauwe zee en de heerlijke dagen die op haar wachtten.

Hoofdstuk 2

'En nu diep ademhalen, vanuit je basis. Houd je ogen gesloten en laat je meevoeren op de lucht.' De diepe stem van Antonie klonk kalm en gelijkmatig door de ruimte en Emily hield haar ogen gesloten. Ergens achter die ogen, ter hoogte van haar voorhoofd, bevond zich iets zwaars dat maar niet leek te verdwijnen. Misschien had ze gisteravond toch wat eerder naar bed moeten gaan.

Focus, zei ze tegen zichzelf zonder geluid te maken. Dat zei Antonie de hele tijd. Laat je niet afleiden door je gedachten. Emily probeerde het. Maar hoe meer ze geen gedachten probeerde te hebben, hoe meer er juist bij haar opkwamen.

Zoals aan haar moeder, die had geappt of de groep leuk

was. Emily had erom moeten lachen. Op haar dertiende was ze op ponykamp geweest en ze herinnerde zich nog precies het telefoontje naar huis. Haar moeder had precies dezelfde vraag gesteld. Toen had Emily geroepen dat het de leukste groep ooit was, nu had ze geantwoord dat het een bijzonder gezelschap was. Dat dekte precies de lading.

Ze was hier nu twee dagen. Op de dag van aankomst was er niet veel meer gebeurd, behalve een kennismaking en een heerlijk diner. Gisteren waren ze echter helemaal ondergedompeld in alles wat het resort te bieden had. Emily had voor het eerst van haar leven klankschalentherapie gevolgd en tot haar eigen verwondering had ze het hartstikke ontspannend gevonden. Ook had ze de verschillende sauna's uitgeprobeerd, die elk een eigen, spiritueel thema hadden. Zo was er een meditatiesauna, waar continu rustgevende muziek en een mannenstem door de boxen klonk. Ze wist nog steeds niet zeker of het Antonies stem was, in elk geval iemand die zo diep en donker opdroeg dat ze moest ademhalen en ontspannen, dat ze er op een gegeven moment giechelig van was geworden.

Toen ze uit de sauna kwam, was het tijd geweest voor haar accessbars-sessie. Ze had niet laten merken dat ze hier vooraf wat sceptisch naar keek. Door middel van het aanraken van de juiste punten op haar hoofd zouden haar energiebanen worden vrijgemaakt? Het leek haar vooral een hoop spiritueel geklets. Maar omdat ze alles wilde proberen, was ze er vol goede moed aan begonnen. En ze was verrast door het effect van de aanrakingen van Antonies vingertoppen op haar hoofd. Eerst gebeurde er niets – zie je wel, had ze in stilte al gedacht – maar op een bepaald moment had ze daadwerkelijk het idee dat de energie door haar heen stroomde en dat ze minder blokkades had. Ze had meer dan een uur nodig gehad om bij te komen van de sessie, het was alsof ook haar gedachten ineens ononderbroken stroomden.

Aan het einde van de middag had ze deelgenomen aan de *philosophy talks*, onder leiding van Antonie. Ze had er niet veel verwachtingen van, maar het was ontzettend leerzaam en inspirerend geweest. Antonie wist veel over de grote denkers van allerlei verschillende tijden en hij had precies dat eruit gehaald wat ook toepasbaar was in het dagelijks leven. Morgenmiddag was er weer een sessie en Emily was vastbesloten daarnaartoe te gaan.

Focus, zei ze weer in stilte tegen zichzelf, omdat ze merkte dat haar gedachten bleven afdwalen.

'En open je ogen', zei Antonie nu. Emily knipperde een paar keer. De meditatiesessie werd gehouden in het tuinhuis, een houten gebouw met twee afzonderlijke ruimtes waar de meeste workshops en behandelingen plaatsvonden. Door de grote ramen had je aan de ene kant een prachtig uitzicht op zee en aan de andere kant keek je zo de groene tuin in.

Ze liet haar blik rusten op Arjan, die het dichtst bij haar zat. Gisteravond na het eten hadden ze een tijd met z'n allen in de tuin gezeten, terwijl de avondlucht de zoete geuren van de bloemen meevoerde en de krekels almaar luider waren gaan klinken. Arjan had verteld over een verleden vol nare pleeggezinnen en verdovende verslavingen, en hoe hij uiteindelijk de weg naar boven had gevonden. Ze waren er allemaal stil van geweest. Antonie had ook zijn verhaal verteld, dat ergens wel overlap had met dat van Arjan, minus de pleeggezinnen. Hij had het ook gehad over een verlies dat hij had geleden, al had hij dat niet verder toegelicht. Dat hoefde ook niet, want Barbara was meteen op dat thema ingesprongen en had hen deelgenoot gemaakt van de periode in haar leven waarin ze zelf een grote liefde was verloren. Toen ze het zo had uitgedrukt, dacht Emily dat diegene was overleden.

'Een ziekte?' had Barbara verwonderd gezegd, toen Emily had gevraagd of dat de oorzaak voor het verlies was. Daarna had ze een rollende lach laten horen. 'Nee joh, zo erg was het niet. Ik vertel het veel te zwaar. Het komt erop neer dat ik gewoon keihard ben gedumpt.'

Vanaf dat moment was de sfeer wat luchtiger geworden. De liefde in kwestie bleek er nog wat andere liefdes op na te houden en waar Barbara had gedacht dat ze soulmates waren, had de man op feestjes steevast gezegd dat hij serieel single was, wat dat ook mocht betekenen. 'Het laatste wat ik hoorde was dat hij een soa had', zei ze opgeruimd. 'Ik mag hopen dat hij er veel last van heeft.'

Emily mocht Barbara wel, met haar opgewekte karakter en zwarte humor. Ze was een welkome afwisseling van Marjolein. Een lieve vrouw, dat zeker, maar na meer dan een halfuur te hebben geluisterd naar haar visie op de spirituele ziel in het algemeen en die van haarzelf in het bijzonder, was Emily een tikje kriegelig geworden. Daarna was Floor aan de beurt geweest, wat het er niet beter op maakte. Emily had zich ongemakkelijk gevoeld toen Floor vertelde over een moeilijke periode in haar leven, niet zo lang geleden. Een periode waarin ze hard was teleurgesteld door mensen die ze had vertrouwd en waarin ze zich extreem eenzaam had gevoeld, zo had ze het omschreven. Emily had de zware blik op zich voelen rusten, ze had haar eigen ogen op de grond gericht gehouden. Misschien had ze schaamte moeten voelen, maar ze voelde vooral verzet. Ze vond het sneu voor Floor dat de baan waarop ze had gehoopt, aan haar neus voorbij was gegaan. Maar Emily wist zeker dat zij altijd eerlijk was geweest en dat ook Wouter de betreffende baan niet aan Floor had beloofd.

Ze had zich ingehouden, natuurlijk. Floor had haar verhaal gedaan en dankbaar het medeleven van de rest in ontvangst genomen. 'Wat een rotstreek', had Barbara fel gezegd. 'Wat zijn er toch veel egocentrische mensen op de wereld.'

'Maar jij kan jezelf altijd blijven aankijken in de spiegel', had Marjolein een duit in het zakje gedaan. 'Je bent trouw gebleven aan jezelf, dat kunnen die anderen niet zeggen.'

Emily had het knarsetandend aangehoord.

'Laten we gaan ontbijten.' Antonie kwam overeind van zijn matje en de rest van de groep volgde zijn voorbeeld. In het voorbijgaan wierp Emily een blik op de klok, die uit het zicht hing. Een paar minuten voor zeven in de ochtend. Volgens Antonie was niets zo heilzaam als vroeg opstaan en de dag beginnen met een uur mediteren of yoga. Daarom had hij dat elke ochtend in het programma opgenomen. Niet verplicht, maar toch was iedereen braaf om zes uur aanwezig geweest.

Door de tuin liepen ze naar de buitenbar, waar het ontbijt al klaarstond. Het tweede ontbijt eigenlijk, want ook voorafgaand aan de meditatie was er fruit en thee geweest. Emily sloot op gepaste afstand aan in de rij achter Arjan en glimlachte in zichzelf om zijn kapsel. Niet dat het op zichzelf grappig was, maar hij had een knotje waar Cynthia wild van zou worden. Een man-bun, verbeterde ze Emily consequent als die weer eens het woord knot gebruikte, want kennelijk had zo'n kapsel een naam die het meteen promoveerde tot de hogere regionen van het hipster-schap. Emily wilde eigenlijk stiekem een foto maken om naar haar collega te sturen, maar het juiste moment had zich nog niet aangediend.

Ze wachtte tot ze aan de beurt was en wees toen het eten aan waar ze zin in had. Een vrouw met een plastic schort, mondkapje en plastic handschoenen schepte het voor haar op. Tot corona zich aandiende, had Emily nooit nagedacht over de hygiëne van een buffet. Eigenlijk vond ze het niet zo erg dat zelf opscheppen niet meer toegestaan was.

Ze nam haar bordje mee en ging zitten op de lege plek tussen Arjan en Mattheus. Die laatste had een nog spectaculairder kapsel in de vorm van een groot aantal dreadlocks, die hij vandaag had samengebonden met een rood elastiek. Hij had jaren in de Cariben gewoond, had hij gisteren verteld, en hij wilde nooit meer een ander kapsel. Inmiddels runde hij een magazine over meditaties en was hij bezig een bijbehorende website te ontwikkelen.

'En jij?' vroeg Emily aan Arjan. 'Waar werk jij ook alweer?' Hij leek een beetje te schrikken van haar vraag, al begreep Emily niet goed waarom. Zo persoonlijk was die toch niet geweest.

'Ik ben freelancer', vertelde hij toen. 'Ik schrijf voor meerdere websites en bladen.'

Emily knikte en wilde vragen voor welke titels, maar Antonie nam het woord om het programma voor de dag toe te lichten. Daarna was Arjan verdwenen. Ook Emily stond op om naar haar kamer te gaan.

In de gangen rook het nog naar verf. Alles was hagelwit gestuukt en het geluid van haar voetstappen weerkaatste tegen de plavuizenvloer. Ze nam de trap naar haar kamer op de eerste verdieping en toen ze de deur opende, waaide de koelte van de airco haar aangenaam tegemoet.

In de badkamer poetste ze haar tanden en haalde haar bruine haar uit de makkelijke knot waar ze het die ochtend nat in had gebonden. Ze keek naar zichzelf in de spiegel. Het licht in de badkamer was zacht en gelig, anders dan in veel hotels. Emily begreep nooit waarom hotels ervoor kozen hun gasten zichzelf te tonen in fel, wit tl-licht waarin je er ernstig ziek uitzag en bovendien iedere rol of plooi bijzonder onaangenaam zichtbaar was. Hier in dit zachte licht leek het alsof ze al weken ontspannen in de zon vakantie had gevierd.

Haar haar was nog vochtig en ze föhnde het. Daarna bracht ze wat mascara aan. Goedkeurend bekeek ze het resultaat in de spiegel en toen ze de badkamer verliet, zag ze de witte envelop op de grond liggen. Fronsend keek ze ernaar. Had ze die eerder over het hoofd gezien?

Ze raapte de envelop op. Het leek erop dat die net onder de deur door was geschoven. Ze draaide hem rond in haar handen, er stond geen naam op. Hij was niet dichtgeplakt. Ze haalde er een kaartje uit. Op de voorkant stond een illustratie van een zon en een hart, met elkaar verbonden en verweven in een zachte achtergrond. Ze vouwde de kaart open. Er stond een korte boodschap in, handgeschreven in kaarsrechte, gelijkmatige blokletters. De tekst was in het Engels, automatisch vertaalde Emily de woorden in haar hoofd.

Dat wij elkaar hier tegenkomen, is geen toeval. Niets is toeval. Alles loopt volgens het plan. Laat je meevoeren met wat komen gaat. Je kunt niet ontsnappen aan onze bestemming.

Emily kende het kaartje, ze had het beneden bij de receptie in een rek met nog wat andere kaarten zien staan. Op de achterkant stond het logo van het hotel klein afgebeeld. Ze glimlachte. Het was een leuke manier om bij te dragen aan de mystiek die in een bepaalde vorm over deze persreis hing. Niet nadrukkelijk aanwezig, maar meer als een soort waas op de achtergrond. Vooraf had ze geroepen dat ze eigenlijk te nuchter was voor spiritualiteit, maar daar begon ze van terug te komen. Waarom altijd down-to-earth zijn? Waarom zou ze zich niet laten meeslepen in wat er deze week allemaal werd aangeboden? Was het niet leuker om mee te gaan in de mystiek dan om alles van een afstandje met haar aardse bril te bekijken?

Het kaartje kwam wat dat betreft op het goede moment. Ze zette het neer op het tafeltje en daarna verruilde ze haar yogakleding voor haar bikini. De komende twee uur stond er niets op het programma en dat betekende voor Emily dat ze haar boek ging lezen aan de rand van het zwembad. Ze knoopte een pareo om, greep nog snel de zonnebrand en daarna verliet ze de kamer. Tegen de tijd dat ze bij het zwembad kwam, stelde ze enigszins verwonderd vast dat ze haar telefoon was vergeten. Ze nam niet de moeite om terug te lopen. Als ze dan toch voor volledige ontspanning ging, was dit een goed begin.

'Bezwaar als ik naast je kom liggen?'

De diepe stem van Zara haalde Emily uit haar slaap. 'Hm?' vroeg ze, gedesoriënteerd en wazig. En daarna, toen de mist een beetje was opgetrokken: 'Nee, natuurlijk niet. Neem plaats.'

'Sorry, ik had niet door dat je sliep', zei Zara.

'Ik ook niet', grinnikte Emily. Ze ging wat meer rechtop zitten en keek op haar horloge. 'Ik heb meer dan een uur geslapen, zie ik nu. Dat vroege opstaan heeft meteen z'n tol geëist.'

'Heerlijk toch.' Zara spreidde haar handdoek uit op de stoel die op twee meter afstand van die van Emily stond en liet zich erop zakken. 'Ik was net op het strand, maar daar begint het nu te warm te worden in de zon.'

Verderop liep Antonie voorbij. Toen hij hen in het oog kreeg, stak hij even zijn hand op.

'Ik vind hem wel aantrekkelijk', zei Zara met iets dromerigs in haar stem. 'Lekker mysterieus.'

Emily grinnikte. 'Meen je dat?'

'En hij heeft een mooie stem.'

'Heb je eigenlijk een relatie?'

Zara schudde haar hoofd. Er gleed een schaduw over haar gezicht. 'Sinds kort niet meer.'

'O...' Emily keek haar aan. 'Sorry, ik wilde niet...'

'Nee joh, je mag het best weten. Ik heb vijf jaar lang geloofd dat ik hem kon veranderen, maar weet inmiddels dat het zo niet werkt.' Ze keek Emily aan met een gezicht dat met een lach onderliggende pijn probeerde te verhullen. 'Best een lange tijd om te ontdekken wat volkomen logisch is.'

'Wat ging er mis?'

Zara slaakte een diepe zucht. 'Wat niet? Gokken, drugs gebruiken, liegen.' Ze staarde voor zich uit. 'Vreemdgaan. Dat was het enige wat ik destijds niet wist. Had ik het maar geweten, dan was ik misschien wel eerder vertrokken.'

'Je kan in elk geval niet zeggen dat je het geen kans hebt gegeven.'

Zara liet een snufje horen. 'Dat is zo, maar ondertussen heeft het me wel een heleboel geld en ongeveer al mijn vertrouwen in mannen gekost.'

'Dat is een hoge prijs.'

Zara knikte half en het was een tijdje stil. 'Dit is het nadeel van spiritualiteit', zei ze uiteindelijk. 'Ik geloofde erin dat ik het leven beter begreep dan anderen en dat ik vanuit het diepst van mijn ziel in staat was om zijn ziel bij te sturen. En dat dan alles goed zou komen.' Ze keek Emily aan. 'Dit klinkt volkomen gestoord, hè?'

Emily glimlachte, maar gaf geen antwoord. Zara wendde haar blik af. 'Het heeft me wel geleerd om nuchterder te zijn', zei ze toen. 'Het is mooi om een diepere laag te zoeken in je leven en om je te ontwikkelen vanuit jezelf en je ziel, maar je moet wel de realiteit in het oog houden. En zeker niet proberen om alles wat je zelf leert, uit te storten over anderen. Niets is zo persoonlijk als spiritualiteit. Dat is het mooie eraan. Wat voor mij spiritueel is, hoeft dat voor jou niet te zijn.'

Emily dacht daarover na. Zo had ze het niet eerder bekeken en ze vond het een mooie gedachte. Misschien wel als basis voor haar artikel, dat ook persoonlijk moest zijn.

'Het lijkt me moeilijk om een resort te runnen voor een grote groep mensen die zo divers is.'

Zara tuitte haar lippen en keek nadenkend in de verte. 'Dat is zo, al vind ik dat Antonie de zoektocht op een mooie manier centraal heeft gezet in dit resort. Hij dringt niets op, behalve die idiote tijd van de wekker.' Ze grinnikte, Emily deed met haar mee. 'Maar als je dat even wegdenkt,' ging Zara verder, 'vind ik het mooi dat hij van alles aanbiedt waar je vervolgens zelf uit kan halen wat je wil. Hij vertelt je niet hoe de wereld, de spirituele wereld, in elkaar zit. Hij laat je zelf ontdekken waar je in gelooft en wat voor jou goed voelt.'

Emily realiseerde zich dat Zara meer tijd had gestopt in de sessies die ze tot nu hadden gehad en wat die met haar deden. En in de persoon Antonie, met wie Emily zelf nog niet veel woorden had gewisseld.

'Ik wist helemaal niet dat *Shine* ook over spiritualiteit publiceerde', zei Zara nu. 'Toen ik hoorde waar je werkte, was ik zelfs een beetje verbaasd.'

'Soms wel', zei Emily. 'We weten dat onze lezers erin geinteresseerd zijn en we willen onze onderwerpen breed houden. Bovendien laat ik me graag verrassen en dat geldt ook voor onze lezers.'

'Nieuwsgierigheid is een eigenschap van goede journalisten', zei Zara knikkend.

Emily grinnikte even. 'En acht dagen in de zon is natuurlijk ook nooit weg. Zo goed is het weer in Nederland op dit moment niet.'

'En?' vroeg Zara. 'Ben je al verrast?'

Emily moest daarover nadenken. Ze vond het leuk hoe Zara haar directe vragen wist te stellen, zonder nieuwsgierig over te komen. Het dwong haar om na te denken op een manier waarop ze dat niet vaak deed.

'Ja', zei ze uiteindelijk. 'Gisteren bij access bars gebeurde er echt iets. Eerst voelde ik me ongemakkelijk door de aanrakingen en omdat ik eigenlijk geen effect voelde. Maar na een paar minuten werd het al normaal en weer even later was het alsof er echt iets gebeurde in mijn hoofd en later in mijn lichaam.'

'Hij is goed', zei Zara en weer zat dat dromerige in haar stem. 'Ik heb genoeg cursussen en sessies gevolgd om te weten dat hij een echte professional is. Als hij je aanraakt, gebeurt er inderdaad iets.'

Emily keek opzij. De blik in Zara's ogen was veranderd. De gedachte aan Antonie deed duidelijk iets met haar. Emily deed haar mond open om er een opmerking over te maken, maar sloot hem weer toen Antonie er net aan kwam. Zara trok een gezicht en Emily probeerde haar lach in te houden. Ze zocht naar een onderwerp om het snel over te hebben, zodat het niet zou opvallen dat het gesprek plotseling was stilgevallen. Maar het was niet nodig, want Zara zei: 'We hadden het net over je.'

Antonie keek van de een naar de ander. 'Dat klinkt goed. Ik heb iets voor jullie.'

Het viel Emily op hoe hij eigenlijk niet de reactie gaf die je zou verwachten. In zijn plaats had ze gevraagd waar het gesprek dan over ging, of op z'n minst of het wel positief was geweest. Misschien zou ze die vraag als grapje hebben gebracht. Hij niet, het gegeven dat hij over de tong ging, bracht hem op geen enkele manier van zijn stuk.

Antonie stak het dienblad dat hij in zijn hand had naar voren. Erop stonden twee kleine glaasjes, Emily en Zara pakten er elk eentje.

'Wat is dit?' Zara hield haar glaasje tegen het licht en keek er geboeid naar. De inhoud was oranje en een beetje doorschijnend. Er zaten olieachtige bellen in, die Emily deden denken aan de lavalamp die ze als tiener op haar kamer had gehad.

'Dit is een mengsel van oliën, kruiden en bronwater', zei Antonie. 'Het heeft een ontgiftende werking.'

Emily pakte haar eigen glaasje en rook eraan. De geur deed haar denken aan cayennepeper.

'We gaan er toch niet gek van doen, hè?' vroeg Zara, terwijl ze het goedje nog eens bestudeerde.

'Hoe bedoel je?' vroeg Antonie.

Zara keek hem aan. 'De vorige keer dat ik heb deelgenomen aan een ayahuasca ceremonie, heb ik hele rare dingen meegemaakt.'

Er leek iets te verstrakken in de blik van Antonie. 'We doen hier niet aan ayahuasca.'

'Nee?' vroeg Zara.

Antonie likte aan zijn lippen. 'Nee. Het is namelijk verboden. En gevaarlijk.' Bij dat laatste woord staarde hij Emily aan. 'Begin er niet aan.'

Emily keek terug, zonder te knipperen. 'Ik was het niet van plan', zei ze.

Er viel een stilte die ongemakkelijk voelde, al wist Emily niet waarom. Antonie deed zijn mond open, maar sloot hem toen weer.

'Bijzonder', zei Zara, die een slok van het drankje had genomen en het restant nogmaals tegen het licht hield. Ze smakte om de smaak in haar mond nog wat te verlengen. Antonie knikte even en liep weg.

Emily nam een slok. Het drankje smaakte scherp en vies en de olie liet een waas achter in haar mond. Ze rilde en nam snel de tweede slok, voor ze niet meer durfde. 'Vies', zei ze.

'Ik durfde het niet te zeggen waar hij bij stond', lachte Zara. 'Laten we hopen dat het echt goed werkt, want voor de smaak hoef je het niet te doen.'

'Als je ervan gaat hallucineren, dan is het van ellende', zei Emily. Ze nam een slok water om de smaak weg te spoelen. 'Zo zie ik op dit moment grote glazen witte wijn voor me.'

Zara grijnsde. 'Wacht maar af, als je er echt gek van gaat doen, kunnen we nog lachen.' Ze keek Emily aan en pikte de draad van hun gesprek weer op. 'Heb je dat weleens gedaan, een ayahuasca-sessie?'

Emily schudde haar hoofd. 'Niets voor mij. Maar ik heb erover gehoord. Dat is toch iets met een drankje waarvan je echt gaat hallucineren?'

'Hallucineren twee punt nul', zei Zara, in de verte starend. 'Ik heb het weleens geprobeerd, toen het nog niet verboden was. Het is verschrikkelijk, ik was alleen maar misselijk en heb gehuild en gesmeekt of het heel snel voorbij kon zijn.' Ze huiverde bij de herinnering. 'Echt nooit, nooit meer.'

'Waarom deed je het?'

'Omdat ik nieuwsgierig was. En omdat ik had gehoord dat het je zou kunnen helpen inzicht te krijgen in jezelf en je leven. Zo vroeg ik me af waarom mijn relatie was stukgelopen, terwijl ik toch zo mijn best had gedaan.'

'Maar je kreeg geen antwoord?'

Zara snoof even en schudde haar hoofd. 'Nee, al realiseer ik me inmiddels dat je nog zo hard je best kunt doen, maar dat een relatie die niet werkt, niet genezen kan worden.'

Emily dacht daar even over na. 'Ik ben zelf ook geen held in de liefde', zei ze toen. 'Ik val niet op foute types, maar op een of andere manier houdt het ook nooit stand. Een jaar of twee, drie en dan dooft het vuur.'

'Bij jou?'

'Of bij hem. Mijn laatste vriend beschouwde ik als de ware. Ik had echt gedacht dat wij samen een gezin zouden beginnen.'

Zara blikte even opzij. 'Wil jij kinderen?'

'O ja', zei Emily. Ergens in haar hoofd kwam de gedachte op dat ze nooit zo open was tegen iemand die ze nog maar zo kort kende. Ook niet tegen veel mensen die ze langer kende, trouwens. Maar het voelde vertrouwd om met Zara te praten.

'En hij niet?'

'Wie?'

'Je laatste vriend.'

'O, jawel. Hij wilde het ook, zei hij. Hij wilde alleen wachten. En twee jaar later pakte hij zijn koffers, omdat hij vrij wilde zijn. Ik zag op Instagram dat hij een reis door Zuid-Amerika aan het plannen is. Zodra daar alles weer rustig is, na corona, gaat hij wel.' Ze beet op haar onderlip. 'Dit is dezelfde man die met mij naar Limburg ging, omdat hij de rit naar Frankrijk gedoe vond.'

Zara maakte een afkeurend geluid. 'En daarvoor?' vroeg ze. 'Leuke mannen?'

Emily knikte langzaam. 'Ze waren allemaal leuk, ze zijn alleen geen van allen gebleven. Soms was dat mijn keuze, vaak die van hen.' Ze keek opzij naar Zara en trok een gezicht. 'Je zou denken dat ik tijdens deze vakantie genoeg uit te zoeken heb, als het gaat om levensvragen. Misschien moet ik toch eens ayahuasca proberen.'

Zara keek haar serieus aan. 'Echt niet doen, het is doodeng.' Ze staarde naar een man in de witte bedrijfskleding van het hotel, die voorbijliep. Hij had iets in zijn armen dat op een enorme soepkom leek. 'Als je het drankje niet goed klaarmaakt, kunnen er ongelukken mee gebeuren. Er zijn zelfs mensen aan doodgegaan.'

'Daar heb ik over gelezen', zei Emily, die zich nu nieuwsberichten herinnerde. 'Ook in Nederland, toch?'

'Zeker', knikte Zara. 'Nu valt ayahuasca onder de Opiumwet. Al kun je je afvragen of het probleem daarmee is opgelost, want de Opiumwet is nu niet bepaald waterdicht. Er vallen ook nog steeds doden als gevolg van paddo's, bijvoorbeeld, en die vallen ook onder die wet.'

'Maar daar komt het gevaar van het gedrag als gevolg van de consumptie van paddo's', zei Emily nadenkend. 'Niet van de paddo, het product, zelf.'

Zara dacht even na. 'Ja, dat klopt. Ik moet zeggen dat ik echt schrok toen ik voor het eerst hoorde dat er iemand aan ayahuasca was overleden. Ik had vooraf wel gelezen over de risico's, maar je mag toch aannemen dat de leider van de sessie weet hoe het drankje bereid moet worden. Bij de goede aanbieders neemt de leider bij het bereiden zelf ook een slok.'

Emily trok haar neus op. 'Zodat diegene dood neervalt als het recept niet helemaal goed is.' Ze vond het een luguber idee. Sowieso begreep ze niet waarom je vrijwillig iets zou drinken dat in potentie dodelijk was.

'Ja, bizar hè', zei Zara, toen Emily die vraag hardop stelde. 'Maar sommige mensen verliezen het vermogen om na te denken als ze ergens helemaal in geloven.'

'Heb je er eigenlijk over geschreven op je blog? Feitelijk is ayahuasca geen spiritualiteit maar drugs.'

Zara nam de laatste slok van haar drankje. Ze knikte nadenkend. 'Dat klopt, maar mijn blog is niet zo zwart-wit. Ik blog eigenlijk over mijn zoektocht naar inzicht. En daar komt toevallig veel spiritualiteit aan te pas. Over ayahuasca heb ik geschreven dat ik het gruwelijk vond. Ik hoop dat mensen het lezen en er niet aan beginnen.'

Emily dwong zichzelf om de volgende slok van haar drankje te nemen. Het smaakte sterk naar gember en brandde in haar keel. Ze zette het restant weg. Dan maar niet ontgiften. 'Ik heb eigenlijk niet zoveel met spiritualiteit', zei ze. 'Al moet ik dat hier misschien niet te hard roepen.'

Zara haalde haar schouders op. 'Iedereen heeft iets met spiritualiteit', zei ze. 'Spiritualiteit is alles wat je niet kunt zien, waar je geen grip op hebt, wat je niet kunt verklaren. Waar jij niets mee hebt, zijn zelfbenoemde goeroes die de waarheid in pacht denken te hebben. Mannen en vrouwen die op slechte websites en tijdens obscure avonden hun denkbeelden opdringen aan mensen die kwetsbaar genoeg zijn om het te geloven, bij gebrek aan beter.'

'Wow', zei Emily, onder de indruk. 'Zo heb ik het nog nooit bekeken.'

'Spiritualiteit is commercieel geworden', zei Zara. 'Met mijn blog probeer ik het juist terug te brengen naar de kern: wat is het voor mij, hoe helpt het mij? Ik weet zeker dat als je er zo naar kijkt, spiritualiteit voor jou ook gaat werken.' Ze keek op haar horloge en kwam overeind. 'Ga je mee? Volgens het programma moeten we zo meteen aantreden bij de energetische healing.'

Emily stond ook op. Ze keek nog even naar het glaasje, maar liet het toch staan.

'We drinken aan het eind van de middag wel een wijntje', zei ze. 'Alcohol werkt ook heel ontsmettend.'

Zara grinnikte en samen zetten ze koers in de richting van het tuinhuis.

Hoofdstuk 3

MISSCHIEN HAD ZE MOETEN BELLEN, BEDACHT EMILY toen ze zich door een taxi had laten afzetten op de parkeerplaats van een klein, houten gebouw tussen de dennenbomen. De bar lag prachtig in het bos aan de rand van een klif, een steile, in steen uitgehouwen trap voerde naar de lagergelegen baai. Het strand was verder helemaal afgesloten, de trap was de enige manier om het te bereiken. Emily liep naar de rand van de klif en staarde naar beneden. Er waren nog een paar mensen op het strand. Wat een droomplek. Ze begon de blije Instagramposts van Nikolai steeds beter te begrijpen. Een moment lang ging haar fantasie met haar aan de haal. Wat als ze bij elkaar waren gebleven, zouden ze hier dan samen naartoe zijn verhuisd?

Ze liet haar eigen vraag onbeantwoord. Zij en Nikolai waren al zo lang verleden tijd dat ze zich niet eens meer een voorstelling van een leven samen kon maken. Sterker nog, als ze hem op straat tegenkwam, zou ze hem waarschijnlijk voorbijlopen. Hij had een vriendin met wie hij deze bar runde, had ze op zijn Instagram gezien. Monika, een knappe vrouw met bruin haar en nog bruinere ogen. Op elke foto keek ze stralend in de camera, vaak met haar arm om Nikolais nek of met een dienblad met kleurrijke drankjes in haar hand. Emily was blij voor Nikolai dat het was gelukt zijn droom te verwezenlijken. Toen zij nog met hem ging, had hij het al gehad over de eigen bar die hij op een dag zou openen.

Ze draaide zich om en keek naar het gebouwtje. Aan de voorkant was een terras gemaakt van houten vlonders. Alle tafeltjes waren bezet. Emily deed haar mondkapje, dat ze buiten even had afgezet, weer op en liep naar binnen, waar geroezemoes en muziek om voorrang streden.

Aan de muur hingen surfplanken en borden van bestemmingen waar de golven goed waren. Twee grote fans aan het plafond brachten de lucht in beweging. Achter de bar stond een man van een jaar of twintig. Hij knikte haar toe en sprak haar aan in het Engels. 'Kan ik je helpen?'

'Ik ben op zoek naar Nikolai.' Emily keek vluchtig om zich heen. 'Maar ik weet niet of hij er is.'

De jongen knikte. 'Hij is achter. Heb je een afspraak met hem?'

'Nee, ik...' Ze maakte haar zin niet af. 'Nee', zei ze toen. 'Geen afspraak.'

'Momentje.'

Tijdens het wachten leunde Emily met haar rug tegen de bar. Binnen waren ook al veel tafeltjes bezet. Het ging duidelijk goed met de bar.

'Hai', hoorde ze een stem achter zich. 'Je zocht mij?'

Emily draaide zich om. Nikolai was precies zoveel veranderd als je zou verwachten na tien jaar. Zijn haar zat een beetje anders, zijn gezicht was wat ouder geworden maar had nog steeds diezelfde jongensachtige uitstraling. Zijn lichtbruine ogen namen haar nieuwsgierig op. Zonder enige herkenning, wat natuurlijk ook door haar mondkapje kon komen.

'Ja', zei ze, toen ze zich realiseerde dat hij op antwoord wachtte. 'Ik eh...' Hoe moest ze beginnen? 'Ik was in de buurt en ik dacht: eens kijken hoe het met Nikolai is.'

De nieuwsgierigheid nam toe. 'Kennen wij elkaar?'

'Absoluut.' De gedachte kwam op dat zij kennelijk wel veel was veranderd in tien jaar. 'Ik ben Emily.'

Het duurde minder dan een seconde. Nikolai zette grote ogen op. 'Wow, Emily...' Hij grijnsde breed. 'Jou had ik hier niet verwacht.'

'Ik ben voor mijn werk op Samos en ik vroeg me af hoe het met je gaat.'

'Goed, goed.' Nikolai kwam achter de bar vandaan, aarzelde even en wees toen naar een tafeltje. 'Ga zitten. Normaal gesproken zou ik je omhelzen, maar...' Hij maakte een armgebaar naar niets in het bijzonder. 'Nou ja, de omstandigheden. Wat wil je drinken?' Hij liet haar geen mogelijkheid om te antwoorden. 'Nee, wacht, ik haal een mojito voor je.'

Ze grinnikte. 'Dat heb je goed onthouden.'

'Ik heb daarna niemand meer ontmoet die zo goed mojito's kon drinken.'

Emily lachte ook. 'Zo veel, bedoel je.'

Nikolai liep naar de bar en daarna weer terug. 'Wil je iets eten?'

'Nee, dank je. We hebben net in het hotel al gegeten.' Ze keek op haar horloge. Het was iets voor halfnegen. De rest zat waarschijnlijk nog in de hotelbar. 'Hoe gaat het met je?'

'Ja.' Hij haalde diep adem en knikte, om zich heen kijkend. 'Goed. Zoals je ziet, is het gelukt.'

'Je eigen bar.' Emily knikte ook, glimlachend. 'Wat een heerlijke plek.'

'En jij?' Nikolai leunde naar voren. 'Vertel, wat brengt jou hier?'

'Werk. Ik schrijf een artikel over een nieuw resort.' Ze noemde de naam en Nikolai begon te knikken. 'O ja, daar heb ik over gehoord. Is het leuk?'

'Ja, prachtig.' Emily keek om zich heen. Er viel een stilte. 'Fijn dat het goed met je gaat', zei ze toen nogmaals.

Nikolai vroeg naar haar vrienden in Amsterdam, mannen en vrouwen die hij zelf ook had gekend, maar met wie hij geen contact had gehouden. Zij op haar beurt vroeg naar zijn ouders, die ze één keer had ontmoet.

'Nikolai!' Vanachter de bar riep een vrouw hem. Nikolai draaide zich met een ruk om. Emily herkende Monika van de foto's op Instagram. Het kwam haar ineens vreemd voor dat zij zelfs de vriendin van Nikolai herkende dankzij het sociale medium, maar dat hij eerder geen idee had gehad wie zij was geweest. Blijkbaar volgde hij haar niet online.

Nikolai liep even naar haar toe. Monika hield een zwart boek omhoog, dat ze vervolgens naar hem toe schoof. Hij knikte even, schudde zijn hoofd en liep toen terug naar Emily.

'Sorry.' Nikolai keek haar aan. 'Ik eh...' Hij gebaarde in de richting van de bar, waar Monika niet meer te zien was. 'We mogen alleen gasten ontvangen die een reservering hebben. En aangezien we zo wat mensen verwachten, komen we ook boven ons maximumaantal uit.' Hij keek verontschuldigend. 'We willen geen problemen met de coronaregels.'

Emily keek naar haar glas, dat nog halfvol was. 'Ja, natuurlijk. Ik begrijp het. Zal ik deze...'

'Nee joh, drink dat nog maar even op. En laten we een ander moment afspreken. Als het wat rustiger is. Dan zet ik je naam bij de reserveringen en is er verder geen probleem.'

'Ja, natuurlijk. Weet je wat...' Ze haalde een blaadje en een pen uit haar tas en schreef haar nummer op. 'Stuur maar een bericht wanneer het uitkomt. Ik ben hier nog tot maandag.'

Nikolai pakte het aan en stopte het blaadje in de zak van zijn spijkerbroek. Hij keek haar even aan met verwondering op zijn gezicht. 'Wow, Emily...' zei hij toen. 'Echt goed om je te zien.'

Daarna liep hij weg. Emily keek hem na tot hij door de deur achter de bar was verdwenen. Ze dronk haar cocktail op en vroeg bij de barman om de rekening, maar hij schudde zijn hoofd. 'Van ons.'

Buiten, tussen de dennenbomen, wachtte Emily op de taxi. Geluiden van de bar dreven door de lucht naar buiten. Het bos rook naar grond en naalden. Het schemerde, in de verte zag ze de lichten van de auto's op de weg. Het duurde niet lang voor de taxi er was. Ze liet zich afzetten voor het hotel. Niemand van de groep was meer beneden en dus ging ze ook maar naar bed. Met een vreemd gevoel viel ze uiteindelijk in slaap.

Er was nog niemand bij het ontbijt. Dat was ook niet vreemd, want het moest nog halfzes worden. Emily wist niet waarom ze een halfuur voor de wekker ging wakker was geworden. Ze wist alleen dat ze om vijf uur rechtop in bed had gezeten, klaar voor de nieuwe dag.

De yogasessie waarmee ze deze dag zouden beginnen stond gepland voor zes uur. Dat gaf haar de tijd om te ontbijten. Ze had haar boek meegenomen en sloeg het net open, toen ze beweging achter zich hoorde.

'Goedemorgen', klonk de stem van Antonie.

Emily keek om. Net als gisteren droeg Antonie een wit poloshirt met het logo van het hotel op de borst en een kaki korte broek. Hij zag er uitgeslapen uit, alsof hij al uren wakker was.

'Ik doe zodra ik uit bed kom altijd een ochtendmeditatie', zei hij knikkend toen Emily daar een opmerking over maakte. 'Heel ontspannend.'

Emily knikte en bedacht niet voor het eerst dat ze het tempo van haar eigen leven best wat omlaag kon brengen. De dag beginnen met meditatie had haar tot twee dagen geleden als een onmogelijkheid in de oren geklonken – wanneer dan, tussen een snel ontbijt en de oplopende file in? – maar waarom zou het eigenlijk niet kunnen?

'Het helpt je om focus aan te brengen in je dag', zei Antonie, terwijl hij naar het kleine buffet liep. 'Thee?'

'Lekker', zei Emily, hoewel ze meer trek had in koffie. Antonie vulde twee glazen met heet water en nam de doos met theezakjes mee. Zoekend tussen de smaakjes zei Emily: 'Je hebt echt een prachtig resort. Ik kan me voorstellen dat je er trots op bent.'

Ze pakte een zakje groene thee en keek naar Antonie. Er gebeurde iets op zijn gezicht. Zijn ogen begonnen te glimmen. 'Het is geweldig als een idee uiteindelijk realiteit wordt, zeker na zoveel hard werk.'

'Maar waarom ben je weggegaan uit Nederland?' vroeg Emily. 'Iets beginnen in het buitenland lijkt me niet makkelijk.'

Antonie knikte. 'Dat klopt en Grieks is geen eenvoudige taal om te leren, weet ik inmiddels. Om het over de bureaucratie van dit land maar niet te hebben. Maar ja.' Hij zweeg een tijdje en draaide de thee rond in de beker. 'Elke keer als ik droomde over mijn eigen resort, zag ik de zon voor me. En de zee. En de yogasessies bij zonsopkomst. En de *philosophy talks* onder de overkapping in de tuin. En access bars in het tuinhuis. Die beelden in mijn hoofd waren niet in Nederland. En ik kon ze niet negeren.' Antonie dacht na. Weer was het een tijdje stil. Het was opmerkelijk hoe de stiltes die hij liet vallen niet ongemakkelijk waren, vond Emily.

'Ik geloof dat het onderdeel is van het plan', zei Antonie. 'Niet alleen die beelden in mijn hoofd, maar ook een aantal gebeurtenissen in Nederland waardoor ik wist dat ik moest gaan. Mijn hart volgen en het plan uitvoeren. En toen kwam ik bij toeval hier terecht en bleek de zonsondergang die je hier ziet, precies te matchen met het beeld in mijn hoofd. Toen ik ging informeren bij de autoriteiten, bleek er ruimte te zijn voor een extra resort.'

'Voor corona, dan', zei Emily. Het was eruit voor ze er erg in had en ze had meteen spijt. De opmerking klonk anders dan ze hem bedoeld had, een beetje cynisch.

Antonie leek de toon juist niet op te merken. 'Dat we drie maanden later opengingen dan gepland, was natuurlijk wel even slikken', zei hij. 'Maar we hebben de boekingen die al stonden, kunnen verplaatsen en bijna niemand heeft afgezegd. Zodra er weer vliegverkeer was, kwamen de gasten. Dat was voor mij een teken dat het plan hoe dan ook zou werken.'

Emily stond op om een mesje voor het fruit te pakken. Toen ze weer ging zitten keek Antonie haar onderzoekend aan. 'Wat vond je van de eerste dagen?'

Ze dacht even na over haar antwoord. 'Verrassend', zei ze toen. 'Van sommige sessies heb ik eerlijk gezegd nog nooit gehoord, laat staan dat ik weet wat ze allemaal inhouden. En ik ben de eerste om toe te geven dat spiritualiteit me soms sceptisch maakt. Maar ik vond access bars echt een openbaring.'

Antonie knikte tevreden. 'Dat is goed om te horen. Later deze week staat het opnieuw op het programma, dan kun je weer aansluiten.'

'Heb je in Nederland ook zulke sessies gegeven?' vroeg Emily. Haar doel was om meer over Antonie te weten te komen. Ze vroeg zich af of hij de redenen voor zijn vertrek onbewust of bewust wat vaag hield. Gebeurtenissen, had hij gezegd. En verlies. Ze wilde niet zo nieuwsgierig zijn hem er rechtstreeks naar te vragen.

Hij knikte. 'Ik heb het jarenlang gedaan', vertelde hij toen. 'Zelf ben ik er in Amerika mee in aanraking gekomen en ik merkte meteen dat het iets bijzonders was. Er zijn tientallen technieken die te maken hebben met energiebanen, maar veel ervan werken niet of niet lang. Access bars is anders.'

'Wat heb je eigenlijk nog meer voor lessen en sessies gegeven?' Emily nam een slokje van haar thee. 'Sorry, ik ben journalist', voegde ze er toen met een glimlachje aan toe. 'Ik wil altijd alles weten.'

Antonie lachte ook. 'En ik heb niets te verbergen.' Hij gaf haar een samenvatting van zijn loopbaan, die bestond uit een heel aantal trainingen en opleidingen in richtingen waarvan Emily nog nooit had gehoord. De meeste ervan had hij in het buitenland gevolgd, een groot deel in India. Daarna had hij een tijdje in een spiritueel centrum in Amsterdam gewerkt.

'Tot je naar Griekenland vertrok', zei Emily, toen Antonie na dat gedeelte van zijn verhaal weer even stil was.

'Ja.' Hij knikte en glimlachte, maar er was iets over zijn gezicht gegleden dat Emily niet ontging. Het leek een schaduw te zijn, een kort moment van triestheid.

'Wat?' vroeg ze.

'O, niks.' Een nieuwe glimlach, deze keer fermer. 'Iets met de liefde.' Hij stond op om wat fruit te pakken, de medewerker die eerder bij het buffet stond was verdwenen. Emily keek naar zijn rug. Verbeeldde ze het zich of waren zijn bewegingen bruusker geworden?

'Goedemorgen', klonk toen een stem achter haar. Mattheus was binnengekomen, zijn dreadlocks samengebonden in een dikke staart. 'Ha, thee.'

Toen Antonie weer ging zitten was het moment voorbij. Emily bestudeerde zijn gezicht, maar daaraan was niets meer te zien. Hij vroeg Mattheus of die goed had geslapen en maakte een praatje over de uitmuntende kwaliteit van de bedden.

'Ik ga me klaarmaken voor de yoga', zei Emily en ze stond op. Toen ze de ontbijtzaal verliet, voelde ze Antonies blik zwaar in haar rug branden.

Emily verplaatste haar zonnebril van haar haar naar haar neus en keek genietend om zich heen. De yogasessie van vanochtend had haar een soort diepe ontspanning opgeleverd die maakte dat ze al de hele tijd met een glimlach rondliep. Al kon dat ook komen door het vooruitzicht van het duiken.

Ze stonden op de kade en keken toe hoe mensen van de duikschool spullen aan boord van de boot brachten. Het jacht lag groot en wit te glanzen in het zonlicht en Emily keek er bewonderend naar.

'Mooi ding', zei Zara naast haar en ze begon naar de steiger te lopen. Emily volgde haar. Ze had het nu wel warm in haar wetsuit en de flippers onder haar arm voelden zwaar. Gelukkig stond er een briesje vanaf zee.

Een jongen van de duikschool hielp hen aan boord en vroeg hun plaats te nemen op de bank aan de zijkant. Emily koos een plekje in de schaduw. Ze legde haar flippers naast zich neer. Haar pak rook naar desinfectiemiddel. Net, toen ze bij de duikschool hun uitrusting hadden uitgezocht en gepast, was alles nog eens extra schoongemaakt. Emily vermoedde dat het indoen van het mondstuk zou smaken als een hap schoonmaakmiddel, maar een veilig idee was het wel.

'Wat een heerlijke dag om op het water te zijn', zei Zara genietend. 'Ik heb zo'n zin om te gaan duiken.'

Emily knikte. Het was jaren geleden dat ze voor het laatst had gedoken, maar je verleerde het niet zomaar, aldus de duikinstructeur. In recordtempo had hij even daarvoor haar geheugen opgefrist, net als dat van anderen die ook al een tijd niet meer hadden gedoken. Toevallig genoeg hadden alle leden van de groep hun duikbrevet, op Laura na. Zij was in het resort achtergebleven.

Antonie stapte aan boord van de boot en nam plaats op het bankje tegenover hen. 'Hebben jullie er zin in?'

'Enorm', zei Emily en ook Zara knikte.

'Ik vind duiken de ultieme zen-ervaring', zei Antonie. 'Al klinkt dat uit mijn mond misschien vreemd.'

'Waarom?' vroeg Zara.

'Omdat ik me elke dag bezighoud met allerlei zen-ervaringen. Maar duiken is...' Hij staarde voor zich uit en koos zijn woorden zorgvuldig. 'Onder water lijkt alles zo onbelangrijk. En zo klein. Alsof die vissen zich druk maken om succes of status of zelfs maar wat er over een uur gaat gebeuren.'

'Maar die vissen hebben makkelijk praten', zei Zara. 'Die hoeven ook niets. Ja, een beetje aan het koraal knabbelen.'

'Wij hoeven ook niets', zei Antonie, zijn benen voor zich uit strekkend. 'Alles wat we moeten, leggen we onszelf op.'

'We moeten eten. En daarvoor moeten we geld hebben.'

'Het is verrassend met hoe weinig je toekan, als je je alleen richt op het basale.' Antonie keek naar Zara. 'Het kost dan alleen meer tijd om aan je eerste levensbehoeftes te voldoen, maar die tijd heb je ook. Bovendien brengt het rust om je bezig te houden met de basis van je bestaan.'

'Hm.' Zara tuitte haar lippen en staarde voor zich uit. 'Ik denk dat je gelijk hebt, maar ik vind wat ik mezelf opleg, niet erg. Ik werk liever aan mijn blog dan dat ik in een moestuin sta te schoffelen.'

'De ultieme vrijheid is je eigen keuzes maken vanuit wens, niet vanuit noodzaak.'

Zara was even stil en Emily's gedachten gleden weg van het gesprek. Ze staarde naar de zee, die zich ver en blauw voor hen uitstrekte. Het bootje dobberde zacht op de golfjes in de haven. Twee jonge mannen sjouwden tassen met het logo van de duikschool aan boord.

Antonie werd geroepen en liep weg. Genietend draaide Emily haar gezicht naar de zon en sloot haar ogen. 'De laatste keer dat ik heb gedoken was toen ik drie maanden door Azië reisde', vertelde ze aan Zara. 'Dat is vijf jaar geleden. Stom dat ik het niet vaker doe, want het is zo mooi onder water.'

'Ik heb zelf al acht jaar niet meer gedoken. Ik hoop dat ik het nog kan.'

'Je verleert het niet zomaar', zei de jongen van de duikschool. 'Zodra je onder water bent, heb je het gevoel vast wel weer te pakken.' Emily keek toe hoe Antonie weer aan boord stapte. Ook twee mannen van de duikschool stapten in en even later voeren ze de haven uit.

Eenmaal buiten de haven maakte de boot vaart. De golfjes die kleine rimpelingen in het water leken, werden staalharde drempels als je eroverheen racete. En precies dat leek de kapitein van de boot van plan. Emily zat op een bankje dat tegen de rand van de boot was geplaatst en hield zich vast aan de reling.

'Als je hard gaat, heb je minder last van de golfslag', zei Antonie. Hij stond op de voorsteven van de boot en leunde ontspannen tegen de reling. Blijkbaar hoefde hij zich niet vast te houden om zijn evenwicht te bewaren.

'Is het ver?' vroeg Zara, die naast Emily zat en bleker zag dan normaal. Nu de kleur was weggetrokken uit haar lichtgetinte huid, was het net alsof er een groene waas overheen zat.

'Gaat het?' vroeg Emily.

De vrouw knikte, al was het niet erg overtuigend. 'Ik ben nooit erg goed geweest op zee.'

'We zijn er bijna', zei Antonie. Hij liet zijn blik op Zara rusten. 'Ik miste je vanochtend bij de yoga-sessie.'

Zara haalde kort haar schouders op. 'Ik had mijn eigen cursus: mindful uitslapen. Het hielp tegen de hoofdpijn die ik vannacht had. Of misschien hielp de paracetamol, dat kan ook.'

Antonie knikte. Emily ook. Die laatste liet haar ogen over de wijde zee glijden. Elke keer als ze over een golf beukten, schoof haar zonnebril een stukje naar beneden. Ze duwde hem terug en liet haar blik nu op Antonie rusten. Hij droeg opnieuw een kaki korte broek en een witte polo met het logo van het hotel op de borst. Zijn haar waaide wat op in de wind. Hij had zijn blik naar rechts gericht, waar in de verte een klein eilandje te zien was. Barbara ging naast hem staan en zei iets, waar hij om glimlachte.

Barbara verdween weer, onmiddellijk dook Marjolein op. Die laatste was vrij opzichtig op zoek naar de aandacht van Antonie, viel Emily op. Tijdens de eerste avond had ze verteld dat ze onlangs gescheiden was, misschien speelde dat mee.

Antonie zei iets, Marjolein lachte. Ze gooide zelfs haar hoofd in haar nek in een beweging die te bestudeerd was om echt te zijn, maar Antonie zag het niet. Hij had zijn plek verlaten om met de kapitein te overleggen over de juiste plek om te stoppen. De boot ging nog langzamer varen en kwam uiteindelijk tot stilstand. De stilte die volgde op het stoppen van de motor, voelde als een weldaad aan Emily's oren.

'*Okay everybody*', riep de jongen van de duikschool met een enthousiasme dat bijna deed vermoeden dat dit zijn eerste dag was. '*Let's dive!*'

Ze checkten hun uitrusting, wurmden zich in de flippers en hesen de zwarte zuurstofflessen op hun rug. De jongen van de duikschool maakte tweetallen van buddy's en een voor een lieten ze zich achterover van de boot in het water vallen.

'Kom mee, buddy', zei Zara tegen Emily, terwijl ze het mondstuk indeed. Emily volgde haar voorbeeld en schoof haar duikbril voor haar ogen. Ze wachtten tot de rest ook klaar was en lieten zich toen langzaam onder water zakken.

Even later en een heel stuk dieper, keek Emily om zich heen. Ze bevond zich nu in een andere wereld. Overal zwommen kleurrijke vissen en verder naar beneden zag ze koraal. Groene planten wuifden langzaam op het ritme van het water en uit de vele gaten kwamen dieren tevoorschijn. Emily keek vragend naar Zara. Die maakte met duim en wijsvinger het internationale duikgebaar voor 'oké'. Emily wees naar beneden en Zara knikte. Samen daalden ze verder af.

De vissen waren nu overal. Emily tikte tegen haar duikmasker en meteen kwamen er twee nieuwsgierige diertjes op af. Het was een trucje dat ze ooit van een duikinstructeur op Curaçao had geleerd. Ze keek onder zich, waar een school zebravisjes vlak onder haar duikpak door zwom. Het was kalm en vredig. Ze zweefde rond in de prettige sensatie dat ze onderdeel was van het grotere geheel.

Na een paar minuten bewoog ze haar flippers weer en verplaatste zich een stukje. Het koraal was spectaculair, vanuit elke hoek zag je weer andere dingen. Zara zweefde naast haar in het water en hing ook zo stil mogelijk om alles goed te kunnen zien. Emily tikte haar aan. Zara gebaarde dat het goed ging. Emily zwom iets vooruit. Een langgerekt dier schoot langs haar heen en verdween in het koraal.

Ze keek om zich heen. De anderen zwommen een meter of twintig verderop. Het water was kraakhelder. Ze keek naar boven en zag twee schildpadden voorbijzwemmen. Antonie had gelijk. Zo in de stilte onder het wateroppervlak, te gast in de wereld van de vissen en het koraal, leek alles waar ze zich normaal gesproken druk om maakte, zo ver weg. Onbelangrijk, ook.

Ze keek naar Zara, die nu stil in het water hing. Vlak voor haar duikmasker had zich een school kleurrijke vissen verzameld. Het moest een spectaculair gezicht zijn en Zara hing zo stil mogelijk in het water. Emily wilde dichterbij komen, maar bedacht zich, omdat ze dan de vissen zou wegjagen. Ze keek om en zag Marjolein en Barbara, die elkaars buddy's waren. Beiden hielden ze hun blik gericht op een zeeslang, die onder hen door zwom. Barbara wees er verrukt naar, Marjolein leek zo haar reserves te hebben.

Emily bewoog haar flippers en zwom een paar meter naar voren. Het koraal was zo mooi rood, veel mooier dan ze op andere plekken in de wereld had gezien. Tussen de stenen en planten krioelde het van het leven. Ze keek om, om te zien waar Zara was. Die bevond zich nog steeds bij de tropische vissen.

Emily wilde haar hoofd draaien, maar iets hield haar tegen. Een vreemd gevoel bekroop haar. Verward op zoek naar de herkomst ervan, bleef ze naar de vissen voor Zara's duikmasker kijken. Die zwommen kalm heen en weer, geheel niet gestoord door de indringers. Emily voelde haar hartslag toenemen. Onder haar wetsuit prikte haar huid. Er klopte iets niets.

Ze keek weer naar Zara. Het was alsof de bliksem insloeg toen ze zich realiseerde dat haar onderbewuste daarop had gereageerd. Dat lichaam, stil in het water. De houding was onveranderd, de positie alleen iets opgeschoven in de stroming.

Emily's benen kwamen in beweging, plots en paniekerig. Via het mondstuk zoog ze zuurstof naar binnen. Niet in paniek raken, hoorde ze de stem van de Antilliaanse jongen die ooit haar duikinstructeur was geweest. Paniek maakte dat je sneller ging ademen en dan ging je snel – te snel – door je perslucht heen. Altijd rustig blijven, kalmte kan je redden.

Kalmte was nu ver te zoeken. Ondanks verwoede pogingen om haar ademhaling onder controle te krijgen, merkte Emily dat ze hijgde. Met wilde bewegingen van haar flippers bereikte ze Zara. Ze duwde tegen haar aan, het lichaam dreef langzaam bij haar vandaan. Opnieuw duwde ze en greep de arm vast. Die voelde zwaar. Ze schudde. Geen reactie.

Angst verscheen als een troebele waas voor haar ogen. Maakte dat haar ademhaling nog zwaarder ging. Het enige wat ze hoorde was het geluid van het bonken van haar eigen hart in haar oren, het wild ruisen van haar bloed. Ze wilde gillen en alleen met uiterste krachtsinspanning lukte het haar om haar mond gesloten te houden rond het mondstuk. Vanachter haar duikbril staarde Zara haar aan, haar ogen wijdopen, verstilde paniek op haar gezicht. Haar mondstuk dreef langzaam haar mond uit.

Emily's benen begonnen als vanzelf te bewegen. Weg bij Zara. Wilde bewegingen met haar armen toen ze Arjan bereikte, daarna Mattheus. Die greep op zijn beurt de arm van Jordy, de duikinstructeur, en wees met woeste bewegingen. Ook Antonie kwam gealarmeerd aanzwemmen.

De hele groep verzamelde zich om Zara heen. Emily huilde in haar masker. Haar hoeveelheid perslucht ging schrikbarend snel omlaag, maar ze sloeg er geen acht op. Jordy pakte Zara van achteren vast, zijn armen rondom haar middel. Hij trok haar omhoog, zijn gezicht verbeten. Ze waren te diep om in één keer naar het oppervlak te kunnen zwemmen. Een frustrerende pauze, toen nog een. Zara hing zwaar in het water. Doods, dat was de omschrijving die als een pijnlijke bliksemschicht door Emily's hoofd schoot. Meteen drukte ze uit alle macht die gedachte weg. Er was tijd, dat had ze geleerd op de duikcursus. Niet veel, maar er waren minuten. Seconden. Mensen overleefden duikongelukken, dat las je vaak genoeg. Zara was gezond, er was voldoende perslucht. Misschien was ze alleen maar flauwgevallen. Jordy had het mondstuk teruggestopt waar het hoorde. Misschien ademde ze allang weer.

Eindelijk kwamen ze boven. Antonie klom met een verbazingwekkende sprong aan boord van de boot. Gealarmeerd kwam de kapitein aanlopen en greep onmiddellijk zijn telefoon.

'*Coast guard!*' riep Jordy, die nog in het water lag en Zara vasthield. 'We hebben de kustwacht nodig en een helikopter bij aankomst in de haven.'

Emily klom ook aan boord en ontdeed zich razendsnel van de luchtflessen op haar rug, op tijd om samen met Antonie en Mattheus Zara uit het water te kunnen tillen. Jordy had haar luchtflessen afgedaan om het gewicht te verminderen, niemand bekommerde zich erom om de dingen mee te nemen. Jordy, Marjolein en Floor duwden het lichaam omhoog. Emily pakte de ene arm, Mattheus de andere. Antonie leunde zo ver voorover dat hij bijna in het water viel, maar slaagde erin zijn evenwicht te bewaren. Hij sloeg zijn armen om Zara's romp en met z'n drieën trokken ze haar uit het water. Jordy sprong in de boot, gevolgd door de rest van de groep.

Alsof er een kei van een heuvel begon te rollen, gingen de gebeurtenissen nu steeds sneller. De motor werd gestart. Ze raceten over de golven. Hoe harder het ging, hoe minder de boot omhoog leek te komen op de rimpelingen van het water. Antonie zat boven op Zara en gaf hartmassage. Het zweet gutste van zijn voorhoofd. Toen het te zwaar werd, wisselde hij snel van plek met Jordy, die er verrassend goed in slaagde zijn kalmte te bewaren. Mattheus had de mond-op-mondbeademing voor zijn rekening genomen, niemand maakte zich druk om corona. Marjolein stond ernaast en kon alleen maar huilen, halfslachtig getroost door Barbara, die zelf lijkbleek was. Floor zat op het bankje en keek toe met een strak, wit gezicht. Net toen Emily naast haar wilde gaan zitten, draaide ze zich om en gaf over in het water.

'Hier', zei Emily en ze bood haar een flesje water aan. Floor zei niets, maar keek dankbaar toen ze het aanpakte. Emily wilde nog iets zeggen, maar dat ging niet met een dichtgeschroefde keel. Als door een koker staarde ze naar wat er voor haar gebeurde, op de vloer van de boot. Het voelde gek, alsof ze er zelf niet bij was. Stemmen klonken vertraagd, Zara lag daar maar. Stil. Iemand – zijzelf? – had haar ogen gesloten.

Emily wist niet hoeveel tijd er was verstreken voor ze de haven bereikten. Zwaailichten – het leken er talloze – op de kade, een helikopter landde net op dat moment. De boot werd razendsnel aangelegd, hulpverleners sprongen aan boord. Zara werd met een brancard van de boot gehaald. Emily keek toe, trillend, benauwd.

Er viel vertrouwen te halen uit de manier waarop de hulpverleners te werk gingen. Kalm, geolied, gedempt overleg. Iedereen leek z'n rol te kennen. Geroutineerd werd Zara aan apparaten gelegd, een ambulanceverpleegkundige prikte een infuusnaald in haar arm. Emily keek naar haar met longen die op slot zaten en een hart dat maar niet tot bedaren wilde komen. Misselijkheid leidde tot het branden van zure gal in haar keel.

Minuten verstreken, regen zich aaneen tot een kwartier, een halfuur. Uiteindelijk waren ze klaar om te gaan. Zara lag op de brancard, ingepakt en gekoppeld aan zoveel slangen dat ze zelf bijna niet meer te zien was. Emily stond nu vlak naast de brancard, haar armen hulpeloos langs haar lichaam.

'Ik ga met haar mee', zei Emily in het Engels, maar de trauma-arts schudde zijn hoofd.

'Geen ruimte', zei hij, met zijn duim wijzend naar de helikopter verderop. Emily volgde zijn blik en zag dat zich een grote groep publiek had verzameld. Ze knikte.

De brancard werd omhooggeklapt en een man en een vrouw duwden hem in hoog tempo naar de helikopter. De politie zorgde voor een ongestoorde doorgang. Emily deed een stap achteruit en daarna nog eentje. Weg, ze wilde alleen maar weg. Te veel mensen om haar heen, te veel geluiden. Ze draaide zich om en liep naar de steiger waar de boot lag te dobberen, als een stille getuige van wat zich had afgespeeld.

Ze ging op het hout zitten en huilde harder dan haar ademhaling kon bijbenen. Gierend zoog ze lucht naar binnen, voorovergeklapt. Het voelde alsof de zee ook haar had verzwolgen. Ze werd meegevoerd door een stroming waartegen ze op geen enkele manier bestand was. Het water spoelde over haar heen en bleef spoelen, grote golven, geen lucht. De helikopter met daarin Zara verdween uit het zicht. Naar het Turkse vasteland, daar was de dichtstbijzijnde decompressietank. Zoveel had ze opgemaakt uit de efficiënte communicatie tussen de hulpverleners, bij een duikongeval was dat de standaardprocedure. Omdat de tank in een ziekenhuis stond, was daar alle medische hulp nabij.

Emily sloot haar ogen, maar opende ze onmiddellijk weer. Het beeld van Zara knalde van haar netvlies, zo hard dat het pijn deed. De zwarte krullen plat tegen haar hoofd. De kleur weggetrokken uit de getinte huid, die daardoor grijs en vaal was geworden. Het leven al vertrokken.

Ze voelde haar lichaam schokken bij die gedachte, maar in haar hoofd veranderde er niets. Ze had het geweten, meteen al. Alsof ze een geoefend oog had, zoveel zekerheid was er over haar gekomen. Het leven was vertrokken. Zara was er niet meer.

Het duurde een tijdje – Vijf minuten? Tien? – voor ze een hand op haar rug voelde. Precies tussen haar schouderbladen, de warmte schoot door haar huid heen. Met een ruk keek ze om.

'Sorry', zei Antonie. 'Ik wilde je niet laten schrikken.'

Hij kwam naast haar zitten. Zijn benen bungelend van de steiger. Emily verschoof tot ze naast hem zat op dezelfde manier. Hij sloeg zijn arm om haar heen, zij leunde tegen hem aan. Hij rook zout en verrassend fris, alsof hij zich had opgefrist na wat er allemaal was gebeurd, wat waarschijnlijk niet het geval was.

'Het komt goed', zei hij, zijn stem zacht en landend in haar haar. Ze knikte, maar in zowel dat gebaar als de stem van Antonie ontbrak het vertrouwen. Zijn arm rustte zwaar op haar schouders.

Emily knikte langzaam. Haar hoofd, haar schouders, haar hele lichaam voelde zwaar en pijnlijk. Ze liet zich door Antonie overeind helpen en liep naar het busje dat klaarstond. Langzaam stapte ze erin. Ze schoof door tot ze het bij het raam zat en liet haar hoofd ertegen rusten. Naast haar was Barbara ingestapt, even raakte de vrouw haar arm aan. Ze keken elkaar aan. Woorden waren niet nodig. Allebei wisten ze al wat er zou komen.

Hoofdstuk 4

HET NIEUWS KWAM SNEL. ZE WAREN NET TERUG IN HET hotel, waar ze zonder een duidelijk doel bij elkaar waren gaan zitten in het tuinhuis. De deuren stonden open, zachte wind waaide vanaf de zee naar binnen. Antonie stond buiten te bellen en toen hij terugkwam, hoefde hij al niets meer te zeggen.

'Het is op weg naar het ziekenhuis al gebeurd', zei hij, zijn stem laag en zacht. 'De decompressietank heeft ze niet meer gehaald.'

Emily voelde zo'n scherpe pijn in haar maag, dat ze vooroverklapte. Het kostte moeite om adem te halen. Om haar heen huilden mensen, anderen keken doodstil voor zich uit. Antonie zelf was bleek en leek niet goed te weten wat hij verder nog moest zeggen.

'Maar hoe dan?' stelde ze de vraag die ze allemaal hadden. 'Er was toch niets met haar aan de hand voor we gingen duiken.'

Antonie staarde eerst naar buiten en keek hen toen weer aan. Een antwoord op de vraag bleef uit. 'De arts aan de telefoon zei dat de politie inmiddels is ingelicht. Bij een niet-natuurlijke dood is dat de standaardprocedure.'

De informatie ging langs Emily heen, net als het gesprek van de groep dat op gang kwam toen Antonie bellend was weggelopen.

'Het kan.' Barbara haalde kort haar schouders op. 'Toen ik twintig was, heb ik een tijdje op Curaçao gewoond. Daar verdronk toen ook iemand tijdens het duiken.'

'Was je daarbij?' vroeg Marjolein.

Barbara schudde haar hoofd. 'Nee, ik was in de bar waar ik destijds werkte. Maar mijn toenmalige vriendje werkte in de duikschool. Uiteindelijk bleek het een ongeluk. Die man die verdronk mankeerde iets aan zijn longen, ik weet niet meer wat. Het was ook de vraag of hij het zelf had geweten.'

Ergens hoopte Emily dat bij Zara ook zoiets zou worden gevonden. Een nog onontdekte aandoening die het ongeluk zou kunnen verklaren. Het veranderde niets aan de uitkomst, maar een verklaring, hoe vaag ook, was allicht beter dan helemaal geen verklaring. Zeker voor haar familie.

Uren gleden voorbij, zonder nieuws. Emily trok zich terug op haar kamer, maar voelde zich daar zo rusteloos dat ze toch maar weer bij de groep ging zitten. Laura, al de hele middag druk aan de telefoon, kwam naar hen toe. Ze zag bleek. 'Ze willen met iedereen praten.'

'Wie?' vroeg Mattheus, opkijkend van zijn telefoon. Dat leek sowieso een bezigheid te zijn waarmee iedereen de tijd verdreef. Misschien had het ook te maken met het vasthouden van geestelijke vermogens. Emily deed er zelf aan mee. Zolang ze door haar Instagram-timeline scrolde, leek er geen ruimte te zijn voor andere gedachten. Ze likete foto's van mensen die ze amper kende. Bekeek de reacties op haar eerdere story. Zij in duikuitrusting aan boord van de boot. Grote glimlach, haar wapperend in de wind. Met het gevoel dat haar maag werd dichtgeknepen, verwijderde ze de story. Het leek eindeloos lang geleden dat ze er zo bij zat.

'De politie', zei Laura. 'Nu, met het nieuws van...' Ze wilde haar zin wel afmaken. Haar mond vormde woorden, maar het geluid ontbrak. Emily kreeg medelijden. Hoe oud was ze? Vijfentwintig? Carrière in de pr, flitsende wereld, hippe feestjes. Leuke reisjes.

Antonie kwam haar redden. 'Zoals ik al zei, onderzoekt de politie de dood van Zara', zei hij, zijn stem zacht en dragend. 'Dat is dus standaard na een dergelijk incident, hebben we begrepen.'

Incident. Emily huiverde bij die woordkeus. Het was waarschijnlijk wat de politie had gezegd, maar het verkleinde de dood van Zara tot iets wat nu eenmaal gebeurde. Een vervelende drempel. Laten we weer doorgaan.

De groep knikte en humde instemmend. Antonie liet weten dat ze op het politiebureau in Samos-Stad werden verwacht. Hij zou vervoer regelen.

Opnieuw op haar kamer liet Emily zich op de rand van

haar bed zakken. Ze hield haar hoofd in haar handen. Haar haar zat als stro door het zeewater, haar handen waren nog zout. Ze douchte snel en föhnde haar haar tot er iets van model in zat. Ze twijfelde over make-up, bracht uiteindelijk een dun laagje aan. Uit haar kast haalde ze een zeegroene halterjurk die tot dan toe ongedragen was. Te fancy voor de gelegenheid? Ze trok hem aan en keek keurend in de spiegel. Daarna verwisselde ze hem voor een simpel zwart jurkje. Ze ging weer op het bed zitten. Een enorme zinloosheid overspoelde haar, onmiddellijk gevolgd door het gevoel dat haar lichaam van binnenuit doormidden werd gescheurd. Drie dagen, langer kende ze Zara niet. Het voelde wel als langer. Pijn bij de gedachte aan wat er was gebeurd. Pijn bij het idee dat de vrouw die ze al langzaam was gaan beschouwen als vriendin… Gek hoe snel dat ging. Ze schudde haar hoofd.

De vriendschap ging nu nog niet diep, daarvoor was die te kortstondig. En toch voelde het alsof iemand met een zeis diep in haar had gekliefd. Tranen sijpelden tussen haar vingers door op de stof van haar jurk. Toen ze klaar was met huilen, moest ze haar mascara bijwerken.

De taxi's stonden klaar, liet Antonie in de groepsapp weten. Emily liep naar de lounge. Iedereen stond opgefrist te wachten, de geur van eucalyptus vermengde zich met die van deodorant. Ze stapten in twee taxibusjes. Emily zat naast Arjan, die haar alleen maar toeknikte. Sowieso zei niemand iets tegen haar. Iedereen was geschrokken, overdonderd ook. Ergens verbeeldde ze zich dat ze gedachten hadden over haar. Jij was haar buddy – zulke dingen. Of misschien was dat alleen haar verwijt aan haar eigen adres.

Uiteindelijk was het Barbara die de stilte doorbrak. 'Gaat het, Emily?' vroeg ze, haar hoofd schuin, haar blik vol medeleven. 'Het moet voor jou ook verschrikkelijk zijn. Ik bedoel, als haar buddy...'

De rest mompelde instemmend. Emily knikte. 'Ik weet gewoon niet...' zei ze, maar die zin maakte ze niet af.

Ze werden opgewacht bij het politiebureau. Agenten bij de ingang, wijzende handen. Iedereen in z'n eigen verhoorkamer. Alsof er verder even niets te doen was op het eiland, leek de halve politiemacht te zijn vrijgemaakt. Of misschien ook niet, Emily had eigenlijk geen idee hoe het ervoor stond met de politiesterkte op Samos.

Zijzelf kwam tegenover een man van haar vaders leeftijd te zitten, die zich voorstelde met een onverstaanbare naam. Waarschijnlijk kwam het doordat haar hersenen momenteel niet in staat waren om ook maar iets op te nemen. De grijze kamer, de ramen die met ondoorzichtige folie waren bedekt, de computer op de tafel die zijn beste tijd had gehad. Ze nam het in zich op, maar de beelden bereikten nooit het gedeelte van haar hersenen waar die zintuigelijke waarnemingen werden opgeslagen voor latere herinnering. Er was in haar hoofd maar ruimte voor één beeld, één ingebracht plaatje dat ze voorlopig niet – of misschien wel nooit – zou kwijtraken. Voor zover zij wist, was Zara op dat laatste beeld dat ze van haar had, al dood geweest.

De man sprak verrassend goed Engels. Hij begon met

wat algemeenheden: naam, geboortedatum, of ze haar paspoort bij zich had. Dat had ze en ze overhandigde het boekje aan hem. Hij stond op en legde het onder de kopieermachine, waarschuwingen voor identiteitsfraude kwamen bij haar op. Laat nooit je paspoort zomaar kopiëren, stuur ook nooit een foto ervan per mail. Al was het misschien vreemd om de politie daarop te wijzen.

Ze zei niets en keek toe. De man ging weer zitten en schoof het paspoort over de tafel naar haar toe. De kopie verdween in een map, de map verdween in een la. '*All right*', zei de politieman en hij streek over zijn hoofd. Mogelijk een gebaar dat hij had overgehouden aan de tijd dat hij nog haar had.

Hij vroeg hoe ze in de groep terecht was gekomen, zij vertelde dat ze hoofdredacteur van *Shine* was. Onlangs had ze een presentatie over het blad en de site gegeven aan een Engelse adverteerder en het woord voor hoofdredacteur rolde soepel haar mond uit. De politieman typte mee en fronste even, het was niet duidelijk of hij precies begreep wat ze deed. Het was ook niet duidelijk of het veel uitmaakte.

'Kende u mevrouw Ayanipa goed?' vroeg hij daarna. Hij struikelde niet over de achternaam.

'Zara', zei Emily, als om voor zichzelf de naam te koppelen aan de mevrouw over wie de politieman het had. 'Ik kende haar nog maar drie dagen. We hebben elkaar ontmoet op deze persreis.'

'Ik moet u een aantal vragen stellen over het ongeluk.' De agent keek haar aan. 'Dat zal misschien moeilijk voor u zijn, maar we moeten achterhalen wat er precies is gebeurd.'

Emily knikte. Ergens vanbinnen voelde ze haar spieren verstrakken. De agent vroeg naar de duikschool waar ze de spullen hadden gehaald en iedereen een eigen uitrusting had gekregen. Was haar iets opgevallen? Aan Zara, aan de medewerkers van de duikschool? Emily schudde haar hoofd. Ze hoefde daar niet meer over na te denken. De afgelopen uren was ze in gedachten al vaak teruggegaan naar dit moment. Ze had vaker gedoken en bij elke duikschool ter wereld ging het er ongeveer hetzelfde aan toe. Je zocht een wetsuit in je eigen maat uit, een medewerker zorgde voor de duikuitrusting, alles werd gepast, aangemeten en waar nodig versteld en aan het einde van die sessie kreeg je twee luchtflessen. Vandaag was daarop geen uitzondering geweest, behalve dan dat alle spullen nu nog eens extra waren gedesinfecteerd.

'Niets vreemds', antwoordde ze uiteindelijk. 'Het leek me een professionele duikschool. De spullen zagen er goed uit. Nieuw, geen slijtage. Ik had bij mijn eigen uitrusting geen moment het idee dat er iets mis zou kunnen zijn.'

'Heeft u vaak gedoken?'

Emily knikte. 'Op verschillende plekken in de wereld. Ik vond de duikplek waar we vandaag waren, een van de mooiere waar ik ben geweest.'

De agent knikte, typte en liet weinig merken. 'Merkte u iets aan mevrouw Ayanipa?'

Emily wilde dat hij haar Zara zou noemen, maar hij bleef formeel. Voor hem was ze niet Zara. Voor hem was ze een dode vrouw in een mortuarium. Emily slikte het blok beton in haar keel weg dat ontstond bij die gedachte.

'Nee, niets', beantwoordde ze de vraag. 'Ze had vannacht een beetje hoofdpijn, zei ze, maar dat was over tegen de tijd dat we naar de duikschool gingen. Ze had paracetamol genomen, maar ik weet niet precies hoelang dat geleden was. Uren voordat ze ging duiken, in elk geval.'

De gedachte kwam op dat dat snel genoeg bekend zou worden. Ze was een tijdje verslingerd geweest aan politieseries waar uitgebreide pathologische onderzoeken breed werden uitgemeten. Ze vroeg niet aan de agent of dat ook met Zara's lichaam zou gebeuren. Ze was er niet zeker van of ze het antwoord wilde weten.

'En verder?' vroeg de agent, toen ze ongemerkt was stilgevallen met haar eigen gedachten.

'Verder niets. Ze voelde zich goed, ze was vrolijk. Ik kende haar natuurlijk nog niet zo lang, maar op mij kwam ze volkomen normaal over. Ook toen we in het water waren.'

De man ging verder met zijn vragen, stapje voor stapje. Hoe ging het afdalen, hoe vaak had Emily gecheckt of het goed ging met haar buddy. 'Regelmatig', antwoordde Emily op die vraag. Ze hoorde hoe haar eigen antwoord stijfjes haar mond uit kwam. 'Zoals ik heb geleerd.'

'Elke minuut? Elke paar minuten?'

Emily sloeg haar blik neer. 'Elke minuut', zei ze toen. 'De op één na laatste keer dat ik checkte, gebaarde ze nog dat alles oké ging. De laatste keer hing ze wel stil, maar ik dacht dat ze naar een vis keek. En misschien een minuut later viel het me op dat ze nog steeds stil in het water lag.

Toen vond ik dat het wel erg lang duurde.' Onherroepelijk namen haar gedachten haar mee terug naar dat moment. Een geluid dat het midden hield tussen een snik en een kreet, ontsnapte uit haar keel. 'Toen ik keek was ze al...' Ze had moeite het woord te vinden. 'Toen was het al mis. Het moet ontzettend snel zijn gegaan.'

De politieman maakte wat aantekeningen en knikte haar geruststellend toe. Over de tafel schoof hij het bekertje water dat hij eerder had neergezet, haar kant op. 'Neem de tijd', zei hij vaderlijk. 'Ik begrijp dat dit moeilijk is.'

Emily nam een slokje water en probeerde te kalmeren. Er was zoveel dat ze wilde zeggen, maar ze deed het niet. Dat ze zich schuldig voelde, dat ze eerder had moeten kijken. Dat Zara dan misschien nog had geleefd.

'Wat deed u toen?' vroeg de rechercheur. Hij had een prettige stem. De vraag was vriendelijk, niet dwingend.

Emily haalde diep adem en probeerde haar gedachten te ordenen. 'Ik zwom naar haar toe', zei ze, terwijl ze de film in haar hoofd afspeelde. 'Ze hing daar maar, met haar ogen open. Ik tikte tegen haar arm, maar ze reageerde niet. Toen tikte ik tegen haar gezicht, maar er gebeurde niets.' Het beeld in haar hoofd maakte haar misselijk. Ze pakte het bekertje water, maar haar hand trilde te erg om het naar haar mond te kunnen brengen. 'Zijn we al bijna klaar?' vroeg ze.

De man knikte geruststellend. 'U doet het goed', zei hij. 'Nog heel even.'

Emily vermande zich. Beantwoordde de volgende vragen. Dat ze de anderen had gewaarschuwd, dat Jordy de leiding had genomen. Dat de hele gang van zaken op haar professioneel was overgekomen. Ze voelde zich rustiger nu het niet meer alleen over haar ging.

Vrij abrupt zat het gesprek erop. De politieman bedankte haar en begeleidde haar naar de receptieruimte, waar een deel van de groep zat te wachten. Emily liep naar buiten, waar de warmte haar als een deken omringde. Ze staarde naar de mensen die voorbijliepen, vrolijk, uitgelaten, genietend van de mooie dag. In de verte was de baai waaraan de stad lag zichtbaar. Water dat glinsterde, maar tegelijkertijd z'n glans had verloren. Ze sloot haar ogen. Er was nog maar één ding dat ze wilde: zo snel mogelijk naar huis.

Hoofdstuk 5

DE DAG VAN GEORGOS ANTONIOU HAD BETER KUNNEN beginnen. Hij had een kop toch al niet te drinken koffie over een dossier gegooid en bovendien had de airconditioning het juist op zijn kamer begeven. Toen hij net met de koffie die nu over zijn papieren drupte de kamer binnen was gekomen, had de warmte als een zwaar gewicht op hem gedrukt. Onder zijn politieoverhemd prikte het zweet op zijn rug.

Hij haalde een paar proppen keukenpapier en depte de zwarte vloeistof zoveel mogelijk op. Daarna bekeek hij de schade, die gelukkig meeviel. De getroffen papieren kon hij zo opnieuw printen.

Hij ruimde de ergste rommel op en nam met opgestroopte mouwen plaats achter zijn bureau. Nog voor hij aan het werk kon gaan, klonk er een korte klop op de openstaande deur.

'Georgos?'

Een van de rechercheurs uit zijn team, rechercheur Irina Laika, stond in de deuropening. Ze hield een stapeltje dossiers in haar hand. Hij keek haar vragend aan. 'Jij wacht op informatie over die gestolen jachten, maar...' Hij gebaarde naar de papieren voor zich. 'Ik ben er nog niet aan toegekomen.'

Zijn collega keek hem onderzoekend aan. 'Alles goed?'

'Ja. Jawel.' Georgos haalde zijn hand door zijn haar. 'Sorry, slecht geslapen. Ik ga die informatie meteen naar je sturen.'

'Dank je. Heb je mij nog nodig in de zaak van die duikster?'

Georgos keek aarzelend. 'Ik wil graag je mening horen.'

Irina liep de kamer binnen en sloot de deur achter zich. Ze liet zich vallen in de stoel voor Georgos' bureau en sloeg haar benen over elkaar. Sommige rechercheurs kozen ervoor om in politiekleding te lopen – hij was er daar zelf een van – waar anderen juist liever hun eigen kleding droegen, zoals Irina. Vandaag droeg ze een strakke spijkerbroek en hakken waarvan Georgos alleen al bij de aanblik duizelig werd. Vaak genoeg had hij geamuseerd toegekeken hoe haar verschijning tijdens verhoren in haar voordeel werkte, doordat ze haar charme feilloos wist te combineren met filerende vragen. Al een paar keer had ze zo een aantal verdachten – vooral mannen van een zeker type en een zekere leeftijd – door de knieën zien gaan. Onlangs hadden ze met een groot aantal rechercheurs grootschalige drugscriminaliteit in enkele havens opgespoord en opgerold. Irina had zich tijdens de verhoren van de grote bazen als een vis in het water gevoeld. Georgos niet, drugssmokkel was niet zijn tak van sport. Te groot, te ongrijpbaar, te slinks. Liever stortte hij zich op andere zaken. Al had je bij de recherche van een relatief klein korps zoals op Samos, niet veel te kiezen. Waar de grotere korpsen de recherchetaken hadden opgedeeld in drugs, moord, inbraak en zo nog een aantal veelvoorkomende misdaden, moest je op het eiland van alle markten thuis zijn. En dat vereiste dat je snel kon schakelen tussen verschillende zaken, zeker wanneer je, zoals Georgos inspecteur was en een team van rechercheurs aanstuurde.

Georgos opende een map en vond wat hij zocht: de autopsiefoto's van de jonge vrouw die de dag ervoor tijdens een duiktrip onwel was geworden en als gevolg daarvan was overleden. 'Volgens het pathologisch rapport is de doodsoorzaak orgaanfalen als gevolg van zuurstofgebrek', zei hij nadenkend. Het was niet precies bekend hoelang het slachtoffer zonder zuurstof had gezeten, maar als je uitging van één tot twee minuten tot haar onwelwording was ontdekt en dan nog de tocht terug naar het wateroppervlak, kwam je op vier of vijf minuten. Volgens de patholoog was dat genoeg om de organen – zeker het hart en de hersenen – al grote schade toe te brengen. Fatale schade, ook.

Georgos keek Irina weer aan. 'De zuurstofflessen en haar duikmasker zijn in de haast in zee achtergebleven, er is een boot onderweg om te zoeken. Ik ben geen duiker, maar...'

Hij maakte zijn zin niet af en keek Irina aan. Elke paar weken, of vaker, was zij in het water te vinden, onlangs had ze haar diploma voor duikinstructeur gehaald. Ze leek haar woorden te wegen. 'Het gaat hier om een gerenommeerde duikschool die alle keurmerken en certificaten op orde heeft. De apparatuur is allemaal recentelijk gecheckt, daarvan hebben we de bewijzen gezien. Maar het blijven spullen, en spullen kunnen kapotgaan.'

Als recherche was het hun taak om uit te vinden of de dood van Zara Ayanipa op een of andere manier verwijtbaar was. In dat geval zou er strafvervolging moeten plaatsvinden. Maar met de gebrekkige onderzoekmethodes die hij had, vond Georgos het nu onmogelijk daar iets over te zeggen. De doodsoorzaak kon ook het gevolg zijn van een aandoening die de vrouw al had, of een fout van haarzelf. Ze hadden in elk geval haar medische gegevens uit Nederland opgevraagd. En zelfs als er al iets mis was met de apparatuur, was dat dan verwijtbaar? Was er opzet in het spel?

'Precies mijn vraag', zei Irina knikkend toen Georgos zijn gedachten hardop uitsprak. 'Ik bedoel: wat zou het motief kunnen zijn? Er is geen enkel verband gevonden tussen Zara Ayanipa en de duikschool. Of überhaupt tussen Zara en iemand op Samos.'

Georgos tuitte zijn lippen en keek naar buiten. Hij haakte zijn vingers achter de boord van zijn overhemd. Het was echt bloedheet in de kamer.

Er klonk een klopje op de deur en zonder op antwoord te wachten liep rechercheur Andres Vlahors binnen. Hij was een van de oudgedienden binnen het team. Een man die allang de rang van inspecteur had kunnen hebben, maar veel liever rechercheur bleef. Georgos zou niet weten wat hij zonder Andres in zijn team moest beginnen.

'O sorry', zei Andres, toen hij Irina zag. 'Ik stoor.'

Georgos schudde zijn hoofd. 'Nee, ga zitten. We hadden het over de zaak-Ayanipa.'

'Ah.' Andres knikte en ging zitten. 'We hebben informatie over haar opgevraagd bij de Nederlandse politie, maar dat gaat allemaal niet zo snel. Ook omdat we geen duidelijke verdenking kunnen doorgeven.' Hij strekte zijn benen voor zich uit. 'Ik heb het gevoel dat ons verzoek niet de hoogste prioriteit krijgt.'

Georgos haalde kort zijn schouders op. 'Ergens wel begrijpelijk. Het lijkt op dit moment het meest op een duikongeval, ik denk ook niet dat ik andersom meteen alles uit mijn handen zou laten vallen.'

Andres trok met zijn mond. 'Dat is waar. En bovendien weten we zelf inderdaad niet waarnaar we zoeken.' Hij tikte met zijn wijs- en middelvinger op de foto's op Georgos' bureau. 'Hier komen we in elk geval niet veel verder mee.'

Georgos antwoordde niet. In plaats daarvan stak hij een pepermuntje in zijn mond en zoog erop. Hij keek naar de foto's, onderdeel van het pathologisch rapport dat hij uitgebreid had bestudeerd. Het lichaam van Zara Ayanipa was uitvoerig onderzocht door een forensisch patholoog en de conclusies boden geen aanknopingspunten voor verder onderzoek. Ze boden eigenlijk helemaal geen aanknopingspunten en ook geen verklaring voor haar dood. Gezien het gebrek aan verdachte omstandigheden en de hoeveelheid zaken die op het toch al onderbezette rechercheteam lagen te wachten, verwachtte Georgos dat de hoofdinspecteur zou concluderen dat het een ongeluk was, tenzij de duikflessen werden gevonden en het onderzoek daarvan aanleiding gaf iets anders te denken.

'De gesprekken met het reisgezelschap hebben niets opgeleverd?' Georgos keek zijn collega aan. Die schudde zijn hoofd. 'Iedereen vond haar aardig, maar geen van allen kenden ze haar erg goed. Niemand wist iets over haar achtergrond.'

Georgos knikte langzaam. 'Laten we de informatie van de Nederlandse politie afwachten, en de resultaten van het onderzoek van de duikflessen.' Hij fronste even en keek op zijn telefoon. De collega's van de waterpolitie die momenteel op zee op zoek waren naar de uitrusting, hadden nog geen succes gehad. Als de uitrusting werd aangetroffen op de plek of in de buurt van waar die was achtergebleven, zou dat een enorme meevaller zijn. Maar eerlijk gezegd durfde Georgos daarop niet te vertrouwen.

Hij stopte de foto's terug in de map en sloot die. Irina en Andres stonden op. Toen zij de deur openden, kwam de lucht eindelijk weer een beetje in beweging. Georgos opende toch maar het bovenste knoopje van zijn overhemd en liep naar de automaat om nieuwe koffie te pakken. Ondertussen bleven de foto's van de jonge, verdronken vrouw in zijn hoofd zitten. Op basis van de feiten leek het vooralsnog een overzichtelijke zaak, tenzij de duikuitrusting iets anders zou uitwijzen. Onwelwordingen, hoe triest ook, gebeurden. Daarom begreep hij niet, bedacht hij toen hij op de knop voor extra sterke koffie drukte, waarom ergens in hem een vreemd gevoel de kop bleef opsteken.

Het gesprek kwam niet echt van de grond, hoe Antonie ook zijn best deed. Laura, Marjolein, Mattheus, Arjan, zij zeiden vrijwel niets. Ze leken letterlijk lamgeslagen door wat er was gebeurd, het enige wat Emily uit hun mond had gehoord was hoe erg ze het vonden. Marjolein zei verder de hele tijd dat ze wilde dat ze iets had kunnen doen, maar dat ze te ver weg had gezwommen. Emily wist ergens wel dat het niet zo was bedoeld, maar het voelde als een onuitgesproken verwijt aan haar eigen adres. Zij was wel in de buurt geweest, zij had niet te ver weg gezwommen. Zij had ook niets gedaan.

Niemand hoefde zo'n verwijt – onuitgesproken of niet – te maken. Dat deed ze zelf wel. En dat had ze net ook tegen de groep gezegd. Barbara was zo lief geweest om – de coronaregels negerend – een arm om Emily heen te slaan en te zeggen dat ze alles had gedaan wat ze kon doen. Dat ze regelmatig had gecheckt hoe het met haar buddy ging, precies volgens de regels. Dat het voor haar ook ongelooflijk heftig moest zijn. Dat haar niets te verwijten viel.

Emily had gehuild om die woorden, die voelden als

regendruppels op haar brandende schuldgevoel. Maar net zo hard had Floor die uitwerking weer tenietgedaan.

'Hoezo?' had ze fel gezegd. 'Ze was toch Zara's buddy? Dan hoor je toch meer te doen dan van een afstandje kijken of iemand nog in de buurt is? Volgens mij is het zo...'

'Floor', had Antonie haar vriendelijk maar resoluut onderbroken. 'Laten we de insteek van dit gesprek niet uit het oog verliezen. Ik heb jullie uitgenodigd voor een helende sessie met elkaar.'

Verongelijkt had Floor er het zwijgen toe gedaan, maar haar mening bleef van haar gezicht afstralen. Erg helend was de sessie niet geworden, maar Emily waardeerde de inspanningen van Antonie.

'Jullie mogen altijd bij mij aankloppen', zei hij nu, ter afsluiting. 'Straks zal ik bovendien weer een meditatie houden en er opnieuw aandacht aan besteden. Voel je vrij om aan te sluiten.'

Emily verliet de ruimte en ging op weg naar haar kamer. Ze had het idee dat er inmiddels een uitgesleten spoor van haar voetstappen in het hotel te zien moest zijn. Van haar kamer naar buiten, naar het tuinhuis, naar de open hotelbar, naar het zwembad, naar het strand, en terug naar haar kamer. Nergens kon ze langer dan een halfuur blijven voor ze zich rusteloos voelde. Ze was aan het werk gegaan, e-mails beantwoorden. Afleiding. Maar het lukte niet haar aandacht erbij te houden. Mediteren, had Antonie gezegd. Dat zou helpen. Ze had het geprobeerd, maar werd voortdurend afgeleid door haar eigen gedachten.

Met een zachte klik sloot ze de deur achter zich. Fronsend keek ze naar de vloer.

Het was precies zo'n envelop als twee dagen geleden, op dezelfde plek. Ze raapte hem op en haalde de kaart eruit. Niet dezelfde illustratie, maar wel een die er veel op leek. De tekst was ook dit keer in het Engels.

Het lot is wreed. Het lot is onomkeerbaar. Maar wij gaan door. Door in ons lot.

Emily draaide het kaartje rond in haar handen. Ze kreeg er een vreemd gevoel bij. De tekst leek ook misplaatst. De vorige keer had ze het leuk gevonden, onderdeel van de sfeer van de reis. Maar nu die reis alle glans had verloren en ze alleen maar de uren uitzat tot hun vertrek morgenochtend, was het alsof de afzender van de kaart niets had meegekregen van de vreselijke gebeurtenissen. Als het geen kaart maar een mail was geweest, zou ze hebben gedacht dat die eerder voor verzending was klaargezet en per ongeluk niet was geannuleerd.

Ze las de tekst opnieuw, maar begreep er niets van. Ging dit nu over wat er met Zara was gebeurd? Werd er bedoeld dat ze de week moest volmaken? Ze schudde kort haar hoofd. Straks zou ze Antonie ernaar vragen, misschien wist hij niet dat iemand van zijn personeel per ongeluk alsnog deze kaart had gestuurd.

Haar telefoon ging. Emily keek naar de naam in het scherm. Snel nam ze op. 'Hé Cynthia.'

'Em...'

Ze hoorde meteen aan Cynthia's stem dat er iets mis

was. ‘Wat is er?’ vroeg ze gealarmeerd. ‘Is er iets aan de hand op de redactie?’

‘Wat? Nee.’ Cynthia haalde diep adem. ‘Er is iets aan de hand bij jou.’

Emily zuchtte. Ze had haar vriendin gisteren al gebeld om te vertellen wat er was gebeurd. Het was fijn geweest om haar hart te luchten en om te weten dat het medeleven van haar vriendin oprecht was. ‘Dat kun je wel stellen. Maar het is gelukt een vlucht naar Nederland te boeken. We gaan morgenochtend met z’n allen terug.’

‘Gelukkig maar.’ Cynthia zweeg, maar de stilte had iets zwaars in zich.

‘Wat is er?’ vroeg Emily opnieuw. Ze kende Cynthia niet zo aarzelend.

‘Het liet me niet los’, zei Cynthia toen. ‘Het hele verhaal met dat nieuwe resort en die spirituele leider… Ik had er een vreemd gevoel bij.’

‘Hoezo?’

‘Dat weet ik niet. Het liet me gewoon niet los, dus ben ik een beetje research gaan doen naar de leider van dat resort. Die Antonie.’

Emily voelde haar hartslag toenemen. ‘Ja?’

‘Weet je wat zijn achternaam is?’

Emily deed haar mond open om antwoord te geven, maar moest hem weer sluiten. ‘Dat staat in de informatiemap. Momentje.’

‘Jij hebt de persuitnodiging naar mij doorgestuurd en daar staat dat zijn achternaam Singha is’, zei Cynthia in haar plaats. ‘Best een vreemde naam, vind je niet?’

'Ja', zei Emily aarzelend. 'Is dat zo?'

'Vind ik wel, dus ik ben verder gaan zoeken. Ik heb Ronald gebeld, mijn oude chef bij de krant. Gewoon eens kijken wat hij in het archief kon vinden.'

Soms vergat Emily dat Cynthia, de beste tijdschriftredacteur met wie ze ooit had gewerkt, begonnen was als getalenteerd krantenjournalist. Toen ze het nieuwsjagen zat werd, had Cynthia de overstap naar de vrouwenbladen gemaakt.

'En?' vroeg Emily, een lichte trilling in haar stem.

'Hij heet eigenlijk Antonie Dijkstra.'

Emily wachtte af, terwijl ze de informatie op zich in liet werken. Ze kende niemand met die naam. Het enige wat in haar opkwam, was dat het minder spectaculair klonk dan zijn nieuwe achternaam, wat waarschijnlijk de reden was dat hij voor de wisseling had gekozen. Onderdeel van de show, als je het zo wilde noemen.

'Misschien, maar er is een andere reden die er volgens mij meer toe doet', zei Cynthia, toen Emily haar gedachten hardop uitsprak. 'Zit je achter je computer? Ik stuur je wat door.'

Emily klapte haar MacBook open. Er kwam een mail van Cynthia binnen, die bestond uit een aantal onder elkaar geplakte links. Er zaten ook bijlagen bij. Ze opende de eerste, het was een scan van een krantenartikel van iets meer dan twee jaar geleden.

Politie onderzoekt dood van vrouw (30) bij spirituele sessie, stond er in grote letters boven. Haar ogen vlogen over de regels. Het artikel ging over de dood van ene Muriël

Hoefnagel, een jonge en kerngezonde vrouw, die na enthousiaste verhalen van een vriendin had deelgenomen aan een ayahuasca-sessie in Amsterdam. Wat er precies misgegaan was, werd nog door de politie onderzocht. In het voorlopige rapport stond dat de vrouw als gevolg van het drankje in een shock terecht was gekomen en onderweg naar het ziekenhuis was overleden. Emily herinnerde zich dit nieuws, hoewel ze er destijds niet veel aandacht aan had geschonken. Nu las ze het bericht terwijl er een ijskoude rilling over haar rug liep. De leider van de sessie was verdachte in het onderzoek, stond er. Antonie D. zou mogelijk het drankje niet correct hebben samengesteld. Of dat inderdaad zo was en of het dan ging om een fout of om opzet, was onderdeel van het onderzoek.

'Antonie D.', zei ze hardop en aan de andere kant van de lijn humde Cynthia instemmend.

'Ronald heeft het voor me nagevraagd bij de journalist die destijds het artikel heeft geschreven, en die D. staat inderdaad voor Dijkstra. Bovendien is het ongeluk gebeurd in het spirituele centrum waar hij op dat moment eigenaar van was. De site is vrijwel meteen na de dood van de vrouw offline gehaald, maar lang leve het internet. Niets is ooit echt weg. Wacht, het komt nu binnen, als het goed is.'

Een tweede mail van Cynthia landde in haar mailbox. Emily had een paar seconden nodig om moed te verzamelen.

'Dit is de foto van de man die destijds eigenaar van het centrum was', zei Cynthia. 'Antonie D. dus. Hij stond ooit kennelijk pontificaal op zijn eigen website met deze foto.

Ook al is de site offline, deze foto is blijven rondzwerven op het net.'

Emily klikte de bijlage aan en de foto opende zich groot op haar scherm. Ze ademde scherp in. Het was hem ontegenzeggelijk. Zijn haar was iets langer, zijn gezicht iets jonger. Hij keek diepzinnig in de camera, zijn armen over elkaar geslagen.

Emily klikte de eerste mail weer aan en opende de volgende bijlage, een ander krantenbericht over de voortgang van het onderzoek. De voorlopige hechtenis van de verdachte was verlengd. Familie en vrienden van het slachtoffer hadden hun woede en verslagenheid geuit op hun social media en tegen de krant. Sommigen gingen al zover om te spreken over dood door schuld of zelfs moord, al had de journalist daar duidelijk bij gezet dat het onderzoek nog liep en de politie maar weinig losliet.

'Je moet het straks allemaal maar even rustig lezen', zei Cynthia. 'Al zal het je niet verbazen dat er uiteindelijk geen veroordeling uit voortgekomen is, anders zou Antonie niet naar het buitenland zijn vertrokken om een nieuw resort te openen. Hij is wegens gebrek aan bewijs vrijgelaten en de politie heeft de zaak afgedaan als een ongeluk. De familie van de overleden vrouw gelooft daar niets van. Maar er is ook geen relatie tussen hem en het slachtoffer gevonden, laat staan een motief.'

Emily knikte zwijgend. Ze klikte een van de links aan en kwam terecht op de website van een vereniging die zich bezighield met het ontmaskeren van charlatans. Zo stond het er letterlijk. Emily had nog nooit van de club gehoord en had moeite de betrouwbaarheid ervan in te schatten. De website zag er nogal amateuristisch en krakkemikkig uit.

'Ik weet wat je denkt', zei Cynthia, toen Emily de naam hardop voorlas. 'Maar deze vereniging bestaat al heel lang en de leden zetten zich op een serieuze manier in voor hun doel. Veel artsen leveren bijdragen, omdat ze in de praktijk te vaak mensen tegenkomen die zich laten behandelen door allerlei "logen" en "paten" die onzinnige beloftes doen. Gevaarlijke beloftes ook.'

'Logen en paten?' vroeg Emily.

'Ja, let maar eens op hoeveel zogenaamde beroepen er tegenwoordig zijn waar "loog" of "paat" achter staat, terwijl die mensen niets anders dan gebakken lucht verkopen. Ingezegende lucht, zo je wil.' Ze zweeg even en aan de andere kant van de lijn hoorde Emily het geluid van een toetsenbord. Daarna praatte Cynthia verder. 'Er zijn natuurlijk ook veel mensen die gewoon een gedegen opleiding hebben gehad, lid zijn van een beroepsvereniging en goed werk doen. Maar dat zijn ook niet de genezers waar deze vereniging zich op richt. Je moet even naar onder scrollen, trouwens.'

Emily liet de tekst over haar scherm rollen. Ze trok haar wenkbrauwen op. *Dode bij ayahuasca-sessie geen incident,* was de kop van het artikel.

Haar ogen gleden over de regels. Het artikel ging eigenlijk over de gevaren van ayahuasca in het algemeen, automatisch gleden Emily's gedachten hierbij naar Zara. Was het toeval dat zij zich zo sterk tegen ayahuasca had gekeerd en dat Antonie in het verleden kennelijk betrokken was geweest bij een dodelijk ongeval?

Ze las verder. De schrijver van het artikel had, niet gehinderd door wat de politie had geconcludeerd, geoordeeld dat de leider van de sessie meer dan schuldig was aan wat er was gebeurd.

'Na de dood van die vrouw zijn er nog meer ongelukken geweest', zei Cynthia. 'Een aantal keer was het kantje boord. Uiteindelijk zijn ayahuasca-sessies verboden, wat niet betekent dat ze niet meer plaatsvinden.'

Begin er niet aan, hoorde Emily in gedachten de stem van Antonie, donker en met een rauw randje dat ze nu wel kon verklaren. *Het is gevaarlijk.*

'Maar wat zegt dit?' vroeg ze uiteindelijk. 'Als er inderdaad sprake is van een ongeluk, lijkt het me een trauma voor Antonie. Ik bedoel, als de politie het zegt...'

'Misschien, maar is het niet erg toevallig dat er nu een tweede ongeluk plaatsvindt terwijl Antonie de eigenaar van het resort is?'

Emily slikte moeizaam. Was dat zo? Het klonk logisch en vergezocht tegelijk. Ja, Antonie was beide keren betrokken geweest, maar de aard van de ongelukken lag mijlenver uit elkaar. 'Ik vraag me af of de politie hier wel van afweet', zei ze na een tijdje. 'Zouden ze informatie vanuit Nederland hebben opgevraagd?'

'Als Antonie verdachte is in het onderzoek misschien', antwoordde Cynthia. 'Weet je of dat zo is?'

Emily haalde kort haar schouders op. 'Hij is in ieder geval niet opgepakt. Als er inderdaad iets fout is gegaan met de duikuitrusting, zullen ze het eerder zoeken bij de duikschool. In dat geval zou je het misschien over dood door schuld kunnen hebben, maar mij lijkt dat er geen sprake is van opzet.' Ze leunde achterover op haar stoel. Ironisch genoeg wilde ze juist nu dat Zara er was, zodat ze dit nieuws met haar kon delen. Ze had dolgraag willen weten wat haar nieuwe vriendin erover te zeggen had gehad.

'Misschien moet ik dit tegen de politie zeggen', zei ze toen nadenkend. 'Al maak ik hem daarmee natuurlijk wel meteen verdacht.'

'Ik zou dat doen', zei Cynthia beslist. 'Als er gemiddeld elke twee jaar een dode valt in een spiritueel centrum of resort dat van hem is, lijkt me dat reden voor de politie om eens in de figuur Antonie Dijkstra te duiken.' Ze viel stil. 'Sorry, verkeerde woordkeuze.'

'Ik denk dat je gelijk hebt', zei Emily. 'Ik ga deze informatie aan de politie geven.' Met het uitspreken van die woorden begon haar hart te bonzen. 'En daarna zo snel mogelijk naar Nederland.'

Aan de andere kant van de lijn haalde Cynthia hoorbaar adem. 'Het spijt me, Em', zei ze.

'Wat?'

'Dat ik jou heb overgehaald om op deze persreis te gaan. Ik vond dat je wel wat ontspanning kon gebruiken, maar dat is niet helemaal gelukt.'

'Daar kun jij toch niets aan doen? Het is allemaal een heel ongelukkige samenloop van omstandigheden en ik ben blij dat ik morgen weer thuis ben.'

‘Ik haal je op van Schiphol en dan gaan we samen wijn drinken.’

Emily glimlachte en verlangde naar het moment dat Cynthia beschreef. ‘Daar hou ik je aan.’

Toen ze had opgehangen, voelde de stilte ineens diep en zwaar. Emily richtte haar aandacht op haar laptop en klikte alle links en bijlagen aan. Er stond niet veel meer in dan wat Cynthia al had verteld. Dat het onderzoek uiteindelijk door de politie was afgesloten met de conclusie dat het een ongeluk was. Dat de familie zich er niet bij neerlegde, hoewel er geen berichten waren over verdere acties. Waarschijnlijk waren het in teleurstelling en boosheid geroepen uitlatingen geweest, die Emily goed kon begrijpen. Het aanwijzen van een schuldige bracht iemand niet terug, maar een mikpunt voor al die woede en frustratie was waarschijnlijk beter dan het grote en nutteloze niets.

Schuldige... dat woord bleef in haar hoofd zitten. Het politieonderzoek naar de dood van Muriël Hoefnagel had niets opgeleverd, maar betekende dat ook dat er niemand schuldig was? Automatisch trok ze de parallel met die andere zaak, waar ze nu middenin zat. Geen schuldige. Maar ook geen schuld?

Ze moest naar de politie. Met werktuiglijke bewegingen begon ze haar tas in te pakken. Ze probeerde haar gedachten te houden bij de bewegingen van haar handen. Telefoon in de tas, laptop erbij. Ze moest een taxi bellen. Of er eentje aanhouden voor de deur, dat lukte misschien ook wel. Ze besloot dat laatste te proberen.

Ze verliet haar kamer. Automatisch begonnen haar gedachten al te stromen in de richting van het gesprek dat ze straks zou voeren. Voor het gemak zette haar brein haar tegenover dezelfde agent als gisteren. Uitgedund haar, vriendelijk gelaat. Zware stem.

Wat moest ze zeggen? Dat ze onderzoek had gedaan – haar collega, eigenlijk – en dat ze informatie over Antonie had? Feitelijk was die informatie afkomstig uit openbare bronnen. Misschien waren het gegevens waarover de politie allang beschikte.

Terwijl haar gedachten als pingpongballen heen en weer gingen, nam ze de lift naar beneden. De deuren schoven dicht, ze drukte op de nul. Terwijl de lift zacht zoevend daalde, keek ze naar zichzelf in de spiegel. De lampen verspreidden een goudgeel licht, maar zelfs dat kon haar bleke tint niet verbloemen. Er speelde zachte muziek. Ze werd er niet rustig van. Integendeel.

Om het resort te verlaten moest ze naar buiten lopen en de binnentuin oversteken. Liever was ze via de nooduitgang gelopen, die toegang gaf tot het achterterrein. Van daaruit kon je ook op de weg komen. Maar ze was bang dat het zo'n nooddeur was die meteen een alarm in werking stelde.

Het was rustig in de tuin. Ze wist niet waar de rest was. Misschien naar het strand, of iedereen was op z'n kamer. Ze groette de tuinman die een pas aangeplant bosje stond te sproeien, ook al had de sprinkler die ochtend uitgebreid z'n werk gedaan. Via het pad van beige asfalt liep ze naar het hoofdgebouw.

'Hé. Emily.' Het was alsof haar bloed plotseling tot stilstand kwam. IJs in haar aderen. Ze slikte een paar keer, maar de dikke laag schuurpapier die plotseling in haar keel zat, bleef zitten.

'Hé', zei ze, zo neutraal mogelijk. 'Hoe is het?'

Antonie merkte het meteen. Hij keek haar aan, fronsend. 'Gaat het?'

'Ja.' Ze gebaarde met haar handen naar niets in het bijzonder. 'Prima. Ik ga even eh...'

'Wat?' vroeg Antonie, toen ze haar zin niet afmaakte.

'Zwemmen. Ik ga even zwemmen.'

Hij liet zijn blik over haar lichaam gaan, haar jurk, haar sandalen, haar tas met daarin haar laptop. 'Gaat het echt wel, Emily? Wil je even praten?'

Als ze iets niet wilde, was dat het. De nieuwsberichten die ze had gelezen, knalden door haar hoofd. Ze zou ze niet voor zich kunnen houden. Als ze hier nog langer stond, zou de informatie als vanzelf haar mond uit rollen.

'Nee', zei ze, sneller en schichtiger dan ze wilde. 'Het gaat wel. Ik ga even een rondje lopen en daarna mijn zwemspullen pakken.'

'Het is nog steeds bizar, hè', zei Antonie, haar woorden negerend. 'Elke keer moet ik mezelf eraan herinneren dat het allemaal echt is gebeurd.' Hij keek haar aan met zijn hoofd schuin, zijn ogen vol begrip. Op-en-top de kalme leider, in balans, zoals hij zich de hele tijd had voorgedaan. 'Rond zonsondergang houd ik trouwens een yogasessie op het grasveld, uitzicht op zee. Niets hoeft, maar misschien wil je meedoen. We richten ons op ontspanning, op mindful loslaten. Wat iets anders is dan vergeten.' Dat laatste voegde hij er snel aan toe, toen hij zag dat Emily wilde antwoorden. 'Misschien is loslaten niet het goede woord. Ik wil jullie helpen met verwerken wat er is gebeurd. Het een plek geven, om een vreselijk cliché te gebruiken.'

'Oké.' Emily keek onrustig om zich heen. Ze wilde verder lopen. Die blik, die kalme stem, de foto die in haar hoofd zat, de informatie waar de vlammen nu uit leken te slaan, de dode vrouw. Alles ging door elkaar lopen. Ze wist niet hoelang ze haar kalmte nog kon bewaren. 'Ik kijk wel even of ik meedoe.'

'Ja.' Antonie knikte. 'Natuurlijk. *No pressure.*'

'Oké.' Ze bleef staan, ongemakkelijk. Hij stond in de weg, groot en aanwezig. 'Ik eh...'

Antonie schraapte zijn keel, knikte weer. 'Emily?'

'Ja?' vroeg ze vlug, haar hartslag nam verder toe.

Hij deed zijn mond open, wachtte even en sloot hem toen weer. Uiteindelijk schudde hij zijn hoofd. 'Nee, niks. Laat maar.' Toen deed hij een stap naar voren en voor ze wist wat er gebeurde, had hij haar in zijn armen genomen. Hij drukte haar tegen zich aan, niet dwingend, maar zacht. Haar lichaam reageerde onmiddellijk door in de alarmstand te schieten. Ze bevroor. Zijn armen waren stevig, ze rook de geur van zeep en iets wat op munt leek.

Net zo snel liet hij weer los. 'Sorry', zei hij en deed een stap achteruit. Zijn blik haakte zich aan die van haar. 'Je zag eruit alsof je wel een knuffel kon gebruiken, maar met corona...'

Hij haalde even diep adem. Het volgende moment liep hij door. Emily keek hem na toen hij langs haar heen het pad verder afliep, in de richting van de meditatieruimte en het strand. Ergens in haar ontstond de neiging om achter hem aan te gaan, maar ze deed het niet. Wat moest ze zeggen? Hé, ik heb wat informatie over je gekregen en...

Ze draaide zich om. De laptop voelde zwaar in haar tas. Ze liep het pad af, in de tegengestelde richting. Bij het zwembad zag ze een paar leden van hun groep. Ze zwaaide even, het drietal zwaaide terug. Op het terras zat Laura te werken. Emily vroeg zich af of ze de omhelzing hadden gezien.

Via de hotellounge liep ze naar buiten. Omdat de straat verlaten was, ging ze zitten op het bankje voor de deur en belde een taxi. Dat had ze eerder moeten doen, dat bellen, maar er zat een zoem in haar hoofd die haar belette om helder na te denken. Ze hoopte dat er niemand naar buiten kwam terwijl ze zat te wachten. Wat zou ze zeggen als iemand vroeg wat ze ging doen? Dat ze er even uit moest? Dat was niet eens echt gelogen.

De taxi kwam en ze liet zich afzetten voor het politiebureau van Samos-Stad. De chauffeur stelde gelukkig geen vragen over haar bestemming. Met een knikje bedankte hij haar voor de fooi. Ze stapte uit. De zon had nog een tandje bijgezet, maar in het politiebureau zoemde de airconditioning. Ook al liep ze er deze keer vrijwillig naar binnen, toch voelde de beklemming hetzelfde. Bij de balie vroeg ze naar de rechercheur, ze las de naam voor van het kaartje. De agent achter de balie pakte de telefoon, overlegde in rap Grieks en wees toen naar de stoeltjes tegenover de balie. Hij stak vijf vingers op, als indicatie van de wachttijd.

Emily nam plaats. De stoelen waren met bouten verankerd in de vloer. Ze sloeg een folder open met een foto van een bang kind op de voorkant en een groot vraagteken achter een woord dat in dikke, zwarte letters was gedrukt. Net zo snel legde ze de folder terug. Ze haalde haar telefoon uit haar tas. Alleen een bericht van Cynthia. *En?*

Emily liet het ongeopend. Een klapdeur ging open en een man van haar eigen leeftijd verscheen. Hij excuseerde zich voor de afwezigheid van zijn collega en stelde zich voor als Georgos Antoniou. Daarna nam hij haar mee naar een kamer, een andere dan de vorige keer. Ze sloeg het aanbod van koffie af. Vanachter de tafel leunde hij in haar richting. 'Wat kan ik voor je doen?'

Emily aarzelde even. Ze haakte haar blik aan zijn vriendelijke bruine ogen, er viel een haarlok over zijn voorhoofd. Zwart haar, olijfkleurige huid. Er kwam iets bij in zijn blik. Nieuwsgierigheid. Ze wist niet goed hoe ze moest beginnen. 'Ik heb wat informatie, maar ik weet niet of die relevant is', zei ze toen. Ze zag de interesse in de ogen van de rechercheur verdiepen.

'Wat voor informatie?'

'Over Antonie.'

Hij zweeg en keek haar aan, afwachtend. Ze haalde haar laptop tevoorschijn. 'Het is in het Nederlands', zei ze, terwijl ze de MacBook openklapte. Ze draaide het scherm zo dat ze er allebei op konden kijken. 'Dit is een bericht uit een Nederlandse krant van twee jaar geleden. Wacht, misschien kan ik...' Ze klikte de foto weg en opende in plaats daarvan een van de links. Haar computer had automatisch verbinding gemaakt met het internet van haar telefoon. Langzaam opende zich de webpagina van de krant, er was destijds ook online over het voorval bericht. Emily selecteerde de tekst en liet die vervolgens door Google Translate vertalen. De rechercheur keek toe.

'Kijk', zei Emily, en ze draaide de laptop nu helemaal zijn kant op. De man boog zich naar het scherm en begon te lezen. Met elke zin die hij tot zich nam, gingen zijn wenkbrauwen iets verder omhoog.

'Ik weet niet of jullie...' zei Emily. 'Ik dacht: ik geef het toch even door.'

De man knikte. Ze probeerde de blik in zijn ogen te lezen. Haar beste gok was dat hij niet op de hoogte was van de gebeurtenissen in Nederland.

'De politie heeft het onderzocht en vastgesteld dat het een ongeluk was', zei Emily. 'Dat staat in de volgende nieuwsberichten over dit onderwerp.' Ze wilde iets zeggen over de Nederlandse politie, die zulke informatie waarschijnlijk wel kon doorsturen, maar ze deed het niet. Ze hoefde de rechercheurs niet te vertellen hoe ze hun werk moesten doen.

De man vroeg haar om de berichten en de links door te sturen en schreef zijn mailadres op een papiertje. Zijn handschrift was krullerig en onduidelijk en pas de tweede keer typte Emily het adres goed over. De man keek naar de computer en knikte toen er een geluidje klonk. *'Efcha-*

ristó', zei hij, en Emily knikte. Een paar Griekse woorden had ze al opgepikt, waaronder dit woord voor 'bedankt'.

Ze vroeg hoe het onderzoek vorderde. De rechercheur knikte een paar keer. Emily verwachtte dat hij zich op de vlakte zou houden, maar hij was verrassend mededeelzaam. 'Het lichaam van je vriendin is onderzocht in het forensisch laboratorium', zei hij. 'Het toxicologisch rapport is negatief teruggekomen, wat betekent dat ze niet onder invloed was van drank of drugs toen ze overleed.'

Emily knikte. Dat was weinig verrassend, Zara had op haar ook helemaal geen vreemde indruk gemaakt. Bovendien waren ze in de ochtend gaan duiken. 'En verder?' vroeg ze.

'Het lijkt erop dat ze door zuurstofgebrek heel snel in de problemen is gekomen. Tegen de tijd dat dat de rest van de groep opviel, was ze er al heel slecht aan toe. Uit zijn onderzoek heeft de patholoog geconcludeerd dat de organen vrij rap achter elkaar zijn uitgevallen. Het is allemaal een kwestie van minuten geweest, niet meer.'

Emily slikte moeizaam. In haar beleving hadden zij en Zara elkaar onder water goed in de gaten gehouden. Maar misschien had ze langer dan een minuut niet gecheckt of het goed ging, dat kon heel goed. De noodzaak van elke zoveel seconden checken had ze ook niet geleerd bij de duikcursussen die ze had gevolgd.

De rechercheur schudde zijn hoofd toen ze dat hardop uitsprak. 'Bij kleine problemen met de zuurstof zie je ook vaak dat er meer tijd is. Dat de toevoer vermindert en dat iemand dan voldoende gelegenheid heeft om een buddy te waarschuwen. Helaas kunnen we dat niet goed onderzoeken, omdat de zuurstofflessen en het masker in het water zijn achtergebleven.'

Emily knikte langzaam. 'Gaan jullie die opduiken?'

De man haalde diep adem. 'Collega's van de waterpolitie zijn al in het gebied geweest en duikers hebben gezocht, maar niets gevonden. Als je ervan uitgaat dat op open zee zelfs enorme brokstukken van een vliegtuig spoorloos kunnen verdwijnen, kun je je voorstellen dat het vinden van twee zuurstofflessen vrijwel onmogelijk is. We hebben ze gezocht op de plek waar ze verdwenen zijn, meer kunnen we niet doen.'

Emily beet even op haar lip. 'Dus dan zullen we nooit weten of er misschien iets mis was met de uitrusting.' Ze dacht even na. De spullen hadden er allemaal goed uitgezien, maar wat kon je nu helemaal zeggen bij alleen de aanblik? Dat er vanbuiten niets kapot of versleten leek te zijn, zei niets over de binnenkant. Een moeilijke gedachte kwam bij haar op. Eentje die ze het liefst wegdrukte, maar die zich op een plek had genesteld waar wegdrukken geen optie was.

Zij had net zo goed de uitrusting van Zara gehad kunnen hebben.

Het was zo'n beangstigend idee dat ze er letterlijk misselijk van werd. Een rilling trok over haar rug, en toen nog eentje. Toen ze achttien was en net geslaagd voor haar vwo-examen, overleed een oud-klasgenootje door een auto-ongeluk. Lange tijd had de gedachte haar in beslag genomen dat een minuut eerder of later van huis gaan het verschil tussen leven en dood kon betekenen. En, in het verlengde daarvan, dat ze misschien al eens – of vaak? – op het nippertje aan de dood was ontsnapt. Uiteindelijk had ze die gedachte losgelaten. Als het je tijd is, dan ga je, had ze vaak gezegd. Maar nu de dood ineens zo dichtbij was gekomen, bezorgde het idee dat haar lichaam net zo goed in het mortuarium had kunnen liggen, haar een klem om haar maag. Voor haar geestesoog zag ze haar hand, die zich richting een duikmasker bewoog. Daarnaast die van Zara, die een ander masker pakte. Was dat het? Was dat het verschil tussen oud worden en jong sterven?

'We wachten op dit moment nog op informatie uit Nederland', zei de rechercheur, zich niet bewust van haar gedachten. 'Zo hebben we de medische informatie van Zara opgevraagd en een verzoek ingediend of de Nederlandse politie research wil doen. Als we die informatie hebben, hopen we het onderzoek te kunnen afronden.' Hij tikte even op zijn toetsenbord. 'Uiteraard zullen we de stukken die je ons heeft gegeven, met interesse bekijken.'

Emily stond op. Hij liep met haar mee naar de uitgang. Ze merkte dat ze trilde. Op straat kwam ze terecht in de warme drukte die hoorde bij een stad op dit uur. Ze liep een stukje en kwam toen terecht in een winkelstraatje. Het was smal en benauwd en het rook er naar gebakken vlees. Ze passeerde een paar tentjes, de geur maakte haar misselijk. Kleine boetiekjes verkochten kleurige jurken. Ze keek ernaar zonder iets te zien. Ze moest hier weg.

Op een plein lonkten de terrasjes, maar nergens nam ze plaats. Ze liep een nieuwe straat in, rustiger. Daar passeerde ze een gevel die z'n beste tijd had gehad. *Rental Cars,* stond er in afgebladderde letters op. Daarnaast vergeelde keurmerken en foto's van auto's die detoneerden door hun nieuwheid. Ze stopte. In een impuls liep ze naar binnen.

Ze twijfelde tussen een scooter en een auto en koos uiteindelijk voor dat laatste. Ze had al vijftien jaar niet meer op een scooter gezeten en het laatste waarop ze zat te wachten, was een ongeluk. Het duurde een eeuwigheid voor het papierwerk in orde was gemaakt – ze zei gretig ja op het aanbod dat de auto morgen bij het hotel kon worden opgehaald – en kennelijk waren er meer dan vier handtekeningen voor nodig, maar uiteindelijk wenkte de zweterige baliemedewerker haar om mee te lopen naar achter. Via een rommelige werkruimte en een al even rommelige keuken bereikten ze een soort bijkeuken waar een groot sleutelbord hing. De tl-verlichting zoemde en knipperde. Ze hoopte dat de auto in betere staat verkeerde dan het kantoortje.

De buitendeur gaf toegang tot de parkeerplaats. Daar stond een klein aantal auto's te glimmen in de zon. Geen deuken en butsen, stelde Emily tot haar geruststelling vast.

Ze kreeg de sleutel van een kleine, zilvergrijze Kia, die er vrij nieuw uitzag. De verhuurmedewerker gaf in onbegrijpelijk Engels wat aanwijzingen over de bediening van de auto. Emily knikte. Even later reed ze het kleine parkeerterrein af, de drukke straat op.

Ze had geen plan. Eerst liet ze zich meevoeren met de verkeersstroom. Via de hoofdweg reed ze de stad uit. De wegen rondom Samos-Stad waren goed, verder weg werd het minder. Ze liet de wijzer van de snelheidsmeter rond de zestig zweven. Langs de weg stonden borden waar ze amper op keek. Zo nu en dan passeerde ze een dorpje. Sommige leken uitgestorven te zijn, op een enkele wandelaar met een hond na. Overal bloeiden roze bloemen overmatig.

In een van de dorpjes stopte ze. Ze dronk iets bij een tentje aan de haven. Voor het eerst voelde ze zich rustig. De weinige boten dobberden op het kalme water. Een man van haar eigen leeftijd was bezig het dek van een klein, wit jacht schoon te maken. De boot deed haar denken aan de boot van gisteren, maar dan kleiner. Zou die vandaag de zee weer op zijn gegaan? Een nieuwe groep aan boord, onwetend van het drama dat zich had afgespeeld?

Hoewel, onwetend... De media hadden over Zara's dood bericht. Op Nederlandse nieuwssites waren het niet meer dan korte berichtjes, allemaal met dezelfde, feitelijke informatie. De media op Samos hadden er iets uitgebreider over bericht. Met behulp van Google Translate had ze een aantal berichten vertaald, maar ook die bevatten allemaal dezelfde informatie. Unaniem werd gesproken over een duikongeval. Het politieonderzoek werd vermeld, maar leek niet meer dan een formaliteit te zijn. Misschien was het dat ook wel.

De ober dook op aan haar tafel, het viel haar nu pas op dat ze de enige gast was. Ze vroeg om de rekening. Eenmaal in de hete auto bleef ze achter het stuur zitten zonder de motor te starten. Terug naar het resort, dat was het meest logisch. Ze strekte haar hand uit naar de sleutel, maar draaide die nog niet om, ook al zocht een straaltje zweet vanuit haar nek z'n weg naar haar rug. Terugrijden. Auto parkeren. Naar binnen lopen. In haar hoofd somde ze systematisch de handelingen op die nodig waren. Antonie onder ogen komen. Dat laatste was onvermijdelijk. Ze had vaak gehoord dat ze een open boek was, dat zou in haar nadeel werken.

Uitstellen, dat wilde ze. Niemand onder ogen komen. Afleiding zoeken. Op Google Maps zocht ze de bar van Nikolai op. Het was maar tien minuten rijden.

Met haar nieuwe doel voor ogen startte ze de motor. De droge koelte van de airconditioning voelde weldadig op haar verhitte huid. Ze streek een haarlok weg die aan haar voorhoofd plakte en trapte het gaspedaal in.

Bij de bar was het rustig. Haar oog viel op een blaadje met openingstijden, geplakt naast een hele rij stickers met keurmerken en kennelijk behaalde certificaten. Vanaf vier uur 's middags geopend. Ze keek op haar horloge. Ze was een uur te vroeg.

Terwijl ze zich omdraaide om weer naar de auto te lopen, hoorde ze iemand haar naam roepen. Nikolai stapte naar buiten. 'Hé, je bent er wel', zei ze.

'Ja.'

'Ik dacht...' Ze wees naar de openingstijden. 'Ik was te vroeg.'

Het was onzinnige informatie om uit te wisselen.

'Ik hoorde over het ongeluk', zei Nikolai. 'Dat was jouw groep, toch? In het nieuwsbericht stond iets over een groep journalisten in een nieuw resort.'

Emily knikte. 'Ja. Heel heftig. We zijn er allemaal kapot van.' Ze gebaarde met haar hand in de richting van de bar. 'Ik kon wel wat afleiding gebruiken, daarom kwam ik hier.'

'Ja.' Nikolai keek om, duwde de deur die toch al dicht zat, nog verder in het slot. Hij wierp een blik naar binnen, al leek de zaak verlaten te zijn. Daarna gebaarde hij naar het terras. 'Kom anders even zitten.'

Emily naam plaats tegenover hem. 'Ik heb weer niet gereserveerd', zei ze met een glimlachje.

Nikolai lachte ook kort. 'Volgens mij gaan de regels alleen over wat er binnen de openingstijden gebeurt.' Daarna keek hij haar weer serieus aan. 'Maar wat een enorme schok moet dit voor jullie zijn.'

'Ja.' Emily staarde naar de zee in de verte. 'Ik was haar buddy.'

Nikolai zoog lucht naar binnen. 'Oei.'

'Ja, zeg dat wel.' Emily haalde diep adem. 'Ik denk dat ik niets fout heb gedaan, maar ik voel me natuurlijk enorm schuldig. Het ging zo snel allemaal, ik kan het nog steeds niet geloven.'

'Hoe ging het?' vroeg Nikolai en Emily vertelde het hem. Aan het einde van haar relaas was hij stil. In de boomtoppen hoog boven hen kwetterden de vogels.

'Wat verschrikkelijk voor je', zei Nikolai uiteindelijk. 'Ik weet gewoon niet wat ik moet zeggen.'

Emily glimlachte zonder vreugde en haalde haar schouders op. 'Ik ook niet. Ik zit maar te wachten tot we naar huis kunnen, het liefst wil ik hier gewoon weg.'

De deur ging open en een van de personeelsleden kwam naar buiten om te zeggen dat er telefoon voor Nikolai was. 'Sorry', zei hij met een verontschuldigend gezicht.

'Nee.' Emily stond op. 'Je moet aan het werk. Ik kom je daar al voor de tweede keer van afhouden.'

Nikolai zei dat hij haar een omhelzing had gegeven als het toegestaan was. Emily knikte. 'Sterkte', zei hij.

Emily liep terug naar de huurauto. Die gierde toen ze gas gaf en stuiterde over de onverharde weg, terug naar het asfalt.

Waar moest ze heen? Nog achttien uur voor haar vlucht ging. Toch maar terug naar het resort, dan. Ze kon moeilijk de hele dag wegblijven.

Haar telefoon ging. Ze grabbelde ernaar terwijl ze de asfaltweg op draaide. Marjolein, zag ze in haar scherm. Ze drukte de oproep weg, geen zin om te praten. Vrijwel meteen ging de telefoon opnieuw, weer Marjolein. Misschien moest ze toch opnemen, was het dringend.

'Emily?' De stem aan de andere kant van de lijn klonk ver weg en hees. 'Waar ben je?'

'Een stukje aan het rijden.' Emily fronste. Ergens in haar werd een alarm wakker. 'Wat is er dan?'

Marjolein haalde zwaar en hoorbaar adem. 'Je kunt maar beter hiernaartoe komen.'

Hoofdstuk 6

Ze zag de politieauto's al van een afstand. Misselijkheid had zich als een steen in haar maag genesteld. Ze wist eigenlijk niet meer hoe ze hier gekomen was. Van de weg herinnerde ze zich niets. Alleen de diepe ruis in haar hoofd, haar trillende handen om het stuur, witte knokkels van het knijpen. Een hart dat zo hard bonkte dat het pijn deed. En boven alles die zin, die bizarre zin, die Marjolein had uitgesproken en die nu als een bliksemschicht door haar hoofd knalde.

Antonie is dood.

'Kom hierheen', had Marjolein gezegd. En toen, als antwoord op de vragen die Emily op haar afvuurde: 'Ik weet niets. Hij is net gevonden in zijn kamer.' Daarna was de verbinding verbroken.

Emily parkeerde op straat, een eind achter de rij politieauto's die voor de ingang stond. Ze liep naar binnen terwijl alles in haar haar de andere kant op trok. Ze wilde hier niet zijn.

Het resort leek een andere plek te zijn dan die ze eerder die middag had verlaten. Grimmiger, dreigender.

'*Sorry, madam...*' begon een receptioniste die bij de deur stond. Haar professionele glimlach was verdwenen in een uitdrukking van ontreddering. Pas in tweede instantie herkende ze Emily.

'Sorry...' zei ze opnieuw. Emily liep door. Politieagenten hielden de wacht bij de lift. Het hele resort was afgesloten voor onderzoek, begreep ze. De weinige gasten werden opgevangen in de hotelbar. Emily werd door een jonge agente naar die bar gebracht en voegde zich bij haar eigen groepje. Behalve zij waren er nog zo'n tien andere gasten. Ze keek vluchtig hun kant op. Voornamelijk vrouwen, voornamelijk vijftigers. Op hun gezichten las ze zowel schok als enige opwinding.

Dat gold niet voor de leden van haar eigen groepje. Daar overheerste verslagenheid. Haar aanwezigheid werd begroet met wat knikjes, Barbara sloeg een arm om haar heen, zoals ze ondanks corona al eerder had gedaan. Laura drentelde onrustig heen en weer en beantwoordde een telefoontje.

'Wat is er gebeurd?' vroeg Emily. 'Er is zoveel politie.'

'We weten het niet', zei Barbara. 'Het schijnt dat een medewerker hem heeft gevonden. Diegene was hem gaan zoeken, omdat Antonie een afspraak had met iemand en zijn telefoon niet opnam.'

'En toen?' vroeg Emily. Ze was er niet zeker van of ze het antwoord wel wilde horen, maar Barbara haalde kort haar schouders op.

'Blijkbaar lag hij dood in zijn appartement. Hij woonde op de bovenste verdieping.'

'Maar hoe...' Emily slikte moeizaam en maakte haar vraag niet af. Dat was ook niet nodig.

'Ik hoorde net iemand zeggen dat er veel bloed was', zei Barbara, die nu zo zacht praatte dat Emily zich naar haar toe moest buigen. 'Maar ik weet niet of dat waar is.'

Emily huiverde. 'Maar dan is hij...'

'Vermoord, ja.' Op Barbara's gezicht was een combinatie van schok en opwinding te zien. Kijkersfile, was het woord dat in Emily opkwam. Ongeluk, leed, misdaad – de aantrekkingskracht daarvan was onmiskenbaar. Zelf voelde ze in de verste verte geen opwinding. Wel afschuw en de wens om zo ver mogelijk bij deze plek vandaan te zijn.

'Ik kan het niet geloven', zei Emily, zo zacht dat ze niet eens wist of haar stem hoorbaar was voor de anderen. De steen had zich vanuit haar maag naar haar keel verplaatst. Ze kon bijna niet meer praten en merkte dat ze ongemerkt was gaan huilen. Anderen huilden ook – Marjolein, Laura. Mattheus leek volledig van de wereld te zijn. Arjan stond even verderop druk te bellen.

'Vandaag geen vluchten meer', zei hij toen hij terugkwam. Emily fronste. 'Ik wil hier weg', liet hij er bij wijze van verklaring op volgen. 'Ik blijf hier echt niet langer.'

'We gaan toch morgenochtend', zei Marjolein met weinig kracht in haar stem. 'Die ene nacht overleven we ook nog wel hier.'

'Dat is maar de vraag', zei Arjan, en toen pas leek Marjolein zich de onhandigheid van haar woordkeus te realiseren.

'Waar is Floor?' vroeg Emily.

De rest keek om zich heen. Barbara haalde haar schouders op. 'Ze was hier net nog.'

Emily haalde haar telefoon uit haar tas en verwijderde zich uit het groepje. Ze belde Cynthia. Toen ze begon te praten, kwamen de woorden er met horten uit.

'Wat is er?' vroeg haar vriendin bezorgd. En toen Emily er niet meteen in slaagde antwoord te geven: 'Em?'

Het lukte haar om de snikken onder controle te krijgen. 'Antonie', bracht ze uit. 'Antonie is dood.'

De woorden voelden raar in haar mond. Alsof ze ze niet zelf uitsprak. Ze wist wat ze zei, maar het voelde als een zin in een taal die ze niet sprak.

'Hoe bedoel je?' vroeg Cynthia, alsof de informatie op zichzelf voor meerdere interpretaties vatbaar was.

'Hij is dood. Ik weet niet...' Er liep een agent voorbij. Emily sloot even haar ogen. 'Ze hebben hem in zijn appartement in het hotel gevonden. Er was bloed.'

'Maar...' Cynthia haalde hoorbaar en slepend adem. 'Hoe dan?'

'Ik weet het niet.'

'Heeft hij het zelf gedaan?'

Emily fronste. Gek genoeg was die optie nog niet bij haar opgekomen.

'Na wat er in Nederland en nu in Griekenland is gebeurd...' ging Cynthia verder. 'Voor de tweede keer overlijdt er iemand terwijl hij de leiding heeft. Misschien had het resort uiteindelijk wel moeten sluiten en kon hij dat niet aan.'

Emily moest daar even over nadenken. 'Is het niet een beetje voorbarig om er dan een einde aan te maken? Het was helemaal niet zeker dat dit de ondergang van het resort had betekend. Dat met Zara kan zomaar een ongeluk zijn en bovendien is het niet in het resort gebeurd, maar op een boot van de duikschool.'

'Nou ja, het is natuurlijk ook niet erg rationeel allemaal', zei Cynthia. 'Misschien voelde hij de verantwoordelijkheid en drukte die zwaar op hem.'

Emily liet de scenario's die Cynthia schetste even rondgaan in haar hoofd, maar zette die toen van zich af. 'Ik weet niet wat er is gebeurd en of hij het zelf heeft gedaan', zei ze. 'Ik weet alleen dat ik hier zo snel mogelijk weg wil. Tot morgenochtend wachten lijkt nu helemaal een eeuwigheid.' Laura wenkte haar. 'Ik moet ophangen.'

'Bel me als je wil praten', zei Cynthia. 'Dat mag ook midden in de nacht.'

'Ja.' Emily voelde haar keel dik worden. 'Dank je wel.'

Ze verbrak de verbinding. Om haar heen gebeurde van alles. Mannen en vrouwen in witte pakken liepen voorbij, koffertjes met een Grieks woord erop in hun hand. Het was niet moeilijk te raden wat ze kwamen doen. 'Technische recherche', zei Emily zacht voor zich uit, maar het hardop uitspreken van die functie veranderde niets. Nog steeds leek het alsof ze per ongeluk een filmset op gelopen was.

Ze ging terug naar haar groepsgenoten bij de hotelbar. Iemand had thee geregeld, ook al was de bar onbemand. Emily had geen zin, maar pakte toch een kopje aan. Ze keek rond. Marjolein zat erbij als een spook: bleek, in elkaar gedoken, doodstil. Barbara frummelde onophoudelijk aan de steen die aan haar ketting hing. Eerder had ze een heel verhaal verteld over de werking ervan en hoe deze steen door een edelsteen-deskundige voor haar was uitgezocht. Dat was een heel proces geweest en eerlijk gezegd waren Emily's gedachten een beetje afgedwaald. Ze vond edelstenen prachtig en geloofde er heus in dat het bijzondere objecten waren, maar de werking die Barbara ze toedichtte, leek haar wat al te groots.

Floor was teruggekeerd en zat op het scherm van haar telefoon te kijken. Met haar duim scrolde ze driftig heen en weer. Ze keek op toen ze merkte dat Emily's blik op haar rustte. Even glimlachte ze als een teken van saamhorigheid. Emily schrok ervan, omdat het zo onverwacht was. Voor ze een reactie kon geven, waren Floors ogen alweer naar het telefoonscherm getrokken.

Laura kwam nu naar haar toe, gevolgd door een man in een donkere broek en een lichtblauw overhemd. Emily voelde haar hart hameren toen ze hem herkende. Hoelang geleden was het dat ze tegenover hem had gezeten? Twee uur? Drie? 'Ze willen met iedereen praten', zei Laura bijna verontschuldigend. 'Ik weet ook niet...'

Emily haalde diep adem en probeerde haar stem normaal te laten klinken. 'Ja. Ja, natuurlijk.' Georgos Antoniou nam haar mee naar een plek onder de bomen, waar twee stoelen een klein tafeltje flankeerden. Eerder had ze hier met Zara koffiegedronken. Het voelde vreemd toen ze ging zitten, misplaatst ook.

De politieman leek die gevoelens niet te delen. Hij zette een kleine laptop op tafel, legde er een aantekeningenblok en twee identieke pennen naast en bekeek tevreden het resultaat van zijn inspanningen. Toen zijn geïmproviseerde werkplek klaar was, richtte hij zijn blik op Emily. 'Wat een vreemde situatie dat we hier nu weer tegenover elkaar zitten', zei hij.

Emily knikte en deed haar mond open om iets te zeggen, maar ze kon niets bedenken.

'We willen met alle gasten afzonderlijk praten', ging de politieman verder. Blijkbaar liet Emily's gezicht iets van verontrusting of verbazing zien, want hij verklaarde: 'Dat is een standaardonderdeel van het onderzoek, dat we op dit moment breed houden.'

'Logisch', zei Emily en ze probeerde een glimlachje, wat mislukte.

De rechercheur keek haar aan. 'Je zult wel geschrokken zijn.'

Emily liet lucht ontsnappen uit haar longen. Ze wilde dat ze wat water had meegenomen, haar mond was zo droog dat het bijna pijn deed. 'Enorm', zei ze en dat was ook zo, al had ze eigenlijk het idee dat de volle omvang van wat er was gebeurd, nog niet tot haar was doorgedrongen. Het hele idee dat Antonie dood was, was gewoonweg te bizar. En dat dan nog opgeteld bij de dood van Zara. 'Alsof ik op vakantie ben gegaan naar een horrorfilm', zei ze. Het was niet per se grappig bedoeld, maar de politieman glimlachte toch.

Ze haalde diep adem. 'Ik ben blij dat we morgen naar huis gaan.'

De rechercheur keek terug, de enige beweging in zijn gezicht kwam van een wenkbrauw. 'Ik ben bang dat dat niet zal gaan.'

'Hoezo?' Emily voelde onmiddellijk hoe verontrusting zich vanuit haar buik door haar lichaam verspreidde. 'De vlucht is geregeld.'

'We hebben jullie in deze fase van het onderzoek hier nodig. Op dit moment is het niet mogelijk dat jullie het land verlaten.'

'Maar we hebben al tickets geboekt', zei ze, alsof dat een argument was waar de politie niet omheen kon.

'Het spijt me', zei de man. 'In deze fase van het onderzoek...'

Emily luisterde niet meer. Zijn stem zwierf ergens rond in de ruimte waar ze niet bij kon. Haar oren werden gevuld met niets dan ruis, pulserend op het ritme van haar hart. 'Worden we ergens van verdacht?' vroeg ze met dichtgeknepen keel, dwars door een zin van de politieman heen.

Hij koos zijn woorden zorgvuldig, dat merkte ze wel. 'Omdat het onderzoek zich nog in een vroege fase bevindt, houden we alle opties open.' Hij schraapte zijn keel en nam een slok water, handelingen die vooral bedoeld leken om tijd te rekken, zodat hij ook zijn volgende zin voorzichtig kon formuleren. 'We willen diverse gesprekken voeren met de belangrijkste getuigen en daar horen jullie bij.'

Emily likte langs haar droge lippen. 'Ik was op het moment van de moord niet aanwezig.' Automatisch had ze het woord 'moord' gebruikt, al was dat natuurlijk helemaal niet zeker. Nerveus keek ze de agent aan. 'Ik bedoel, de dood... Iemand zei dat er veel bloed was, dus ik ging ervan uit...'

Hij knikte haar geruststellend toe. 'Snel genoeg zullen we meer informatie in beeld hebben. Zodra het kan, zullen we jullie laten gaan.' Hij sloeg zijn notitieboekje open en wekte tegelijkertijd zijn laptop tot leven. 'We hebben het eerder vandaag gehad over Antonie en de gebeurtenissen in Nederland. Ik vraag dit voor de zekerheid, zodat er geen misverstanden bestaan: kende jij Antonie al voor je hem hier in Griekenland ontmoette?'

'Nee', zei Emily snel. 'Nee, nooit ontmoet.' Haar ademhaling ging jachtig. Automatisch probeerde ze om zich zo niet-verdacht mogelijk te gedragen, wat er waarschijnlijk alleen maar toe leidde dat ze gespannen en krampachtig antwoord gaf. Ze haalde diep adem en probeerde zich te ontspannen, maar dat lukte niet.

'Door wie zijn jullie hier uitgenodigd?'

'Een pr-bureau dat door Antonie was ingehuurd om de promotie van het resort in Nederland te doen.'

'Niemand van jullie kende een van de anderen of Antonie toen jullie hier aankwamen?'

Emily schudde haar hoofd. Het gesprek leek wel een herhaling van wat ze na de dood van Zara met de andere rechercheur had besproken. 'Ik kende toevallig wel iemand, een oud-collega van mij. Maar de rest niet.'

'Heb je iets gemerkt van spanningen?'

'In onze groep?' Emily schudde haar hoofd. 'Nee, niets.'

'En met Antonie?'

Ze nam een moment om na te denken, maar schudde toen opnieuw van nee. 'Tot het ongeluk van Zara was er sowieso niets vreemds aan de hand. Antonie was blij dat we er waren en deed alles om ons een goede ervaring te bezorgen. Logisch natuurlijk, omdat we waren uitgenodigd om over het resort te schrijven en hij hoopte natuurlijk wel op positieve verhalen.'

'Was er iemand van plan om niet zo positief te schrijven?'

Emily schudde haar hoofd. 'Niet dat ik weet. En eerlijk gezegd is dat ook niet erg gebruikelijk. Als je echt onafhankelijke reisjournalistiek wil bedrijven, moet je je niet door een pr-bureau laten uitnodigen om een week gratis vakantie te vieren. Antonie kon er op deze manier wel zeker van zijn dat zijn resort in een paar lovende verhalen zou voorkomen.' Ze zweeg even. 'Er was trouwens ook geen reden om kritisch te zijn', voegde ze toen toe. 'Het resort is prachtig en iedereen deed er alles aan om het ons naar de zin te maken.'

'Tot er iemand van jullie groep doodging.'

'Ja, dat veranderde natuurlijk alles. Daarna wilden we allemaal naar huis.'

'Ontstond er toen spanning in de groep?'

'Niet zozeer in de groep, maar bij iedereen afzonderlijk wel. Het ongeluk van Zara hakte er enorm in.' Automatisch gebruikte ze het woord 'ongeluk', een gegeven dat ze zelf onbewust registreerde. 'Maar als er iets in de groep veranderde, zou ik zeggen dat de saamhorigheid juist groter werd. Ineens waren we met z'n allen in deze bizarre situatie beland.' Het was waar wat ze zei, al was ze de opmerkingen van Floor aan haar adres niet vergeten.

'En Antonie?'

'Die probeerde ons te steunen en wij hem.'

'Toch ging jij met informatie naar ons.'

'Ja.' Emily voelde hoe kleur vanuit haar nek optrok. 'Het was niet dat ik hem niet vertrouwde, maar ik kreeg die informatie van een collega en ik wist niet goed wat ik ermee moest. En of het belangrijk was.' Ze verstrengelde haar vingers en liet haar handen op het tafelblad rusten. 'Nu in elk geval niet meer.'

De agent maakte een geluid dat van alles kon betekenen. 'Hoe kwam Antonie op jou over?'

Emily aarzelde. 'Hoe bedoelt u?'

'Had je de indruk dat hij zich zorgen maakte? Was hij neerslachtig?'

Emily dacht na voor ze antwoord gaf, al was dat misschien vooral om te laten merken dat ze haar antwoord zorgvuldig koos. Want eigenlijk was er niets om over na te denken. 'Nee', zei ze dan ook. 'Hij maakte niet die indruk. Maar je weet natuurlijk niet hoe iemand zich echt voelt. Misschien had hij wel zorgen over het resort, of het allemaal goed zou gaan.'

De rechercheur keek haar aan. 'Kun je dat wat meer uitleggen?'

'Ik begreep dat het resort al aan het begin van het seizoen open had moeten gaan, maar toen kwam corona. Dat zal hem misschien wel zorgen hebben gebaard.'

'Heeft hij daar iets over gezegd?'

'Nee, dat niet. En toen ik ernaar vroeg, zei hij dat hij hier zo lang aan heeft gewerkt dat het sowieso allemaal een oefening in geduld was.' Ze fronste even. 'Ik weet niet precies wat hij daarmee bedoelde, maar ik kan me voorstellen dat een resort beginnen in het buitenland de nodige uitdagingen met zich meebrengt.'

De rechercheur had de neiging veel te knikken bij alles wat ze zei en er verder niet op te reageren. Ook nu begon hij weer over iets anders. 'Is je de afgelopen dagen iets opgevallen? Bezoekers hier in het resort of misschien dat Antonie een vreemd telefoontje kreeg?'

Emily fronste. 'Nee, daar heb ik niets van gemerkt.' Hoe meer vragen ze kreeg, hoe meer ze zich realiseerde dat ze geen idee had wie Antonie was. 'Maar hij zou zoiets natuurlijk ook niet met mij bespreken.'

'Nee.' De agent schudde zijn hoofd. 'Waarschijnlijk niet. Maar als je iets hebt gezien, willen we het graag weten.'

'Ik zal er nog over nadenken. Er schiet me nu zo snel niets te binnen.'

De man knikte en maakte een korte aantekening. 'Vanmiddag was je op het politiebureau. Wat ben je daarna gaan doen?'

Emily staarde hem aan, terwijl in haar hoofd de geruststellende gedachte opkwam dat ze zich geen beter alibi kon wensen. 'Ik heb een auto gehuurd, ik kan het huurcontract laten zien. Daarna ben ik over het eiland gaan toeren. Ik heb iets gedronken op een terras bij een haven.' Ze keek om zich heen, maar zag haar tas niet. 'Ik heb er een bonnetje van. Toen ik daar klaar was, heb ik een oude vriend opgezocht. En toen belde Marjolein dat...' Ze maakte haar zin niet af, maar liet die eindigen in een handgebaar naar niets in het bijzonder. 'Ik ben meteen deze kant op gekomen.'

'Wie was die vriend?'

Emily gaf zijn naam en het adres van de bar en de rechercheur schreef het op. Daarna stelde hij nog wat algemene vragen en vrij plotseling was het gesprek voorbij.

Emily zei dat het haar speet, dat ze wilde dat ze meer kon helpen. De rechercheur knikte haar geruststellend toe. Ze liep naar de bar en dronk water. Ze ging zitten en weer staan en kon geen rust vinden. Ze belde haar moeder, huilde en vermande zich toen weer. Uiteindelijk liep ze naar haar kamer en liet zich op de rand van haar bed zakken. Met haar hoofd in haar handen bleef ze heel lang zitten.

Hoofdstuk 7

MET EEN MEENEEMBEKER ESPRESSO IN ZIJN ENE EN de sleutels van zijn scooter in zijn andere hand kwam Georgos Antoniou zijn kantoor binnen, om daar tot de conclusie te komen dat de airconditioning nog niet was gerepareerd. De warmte van gisteren leek te zijn blijven hangen tot in de muren en de meubels. Hij pakte zijn telefoon om de technische dienst te bellen, maar die bleek op dit tijdstip nog niet aanwezig te zijn. Met een grom verbrak hij de verbinding.

Het moest inderdaad nog zeven uur worden. Toch gonsde de afdeling recherche al van activiteit. En het was er, voor eilandbegrippen, momenteel dan ook ongewoon druk. Twee doden in drie dagen tijd, waarvan één mogelijk een ongeluk en één duidelijk geen ongeluk. Geen wonder dat Georgos gisteravond ook nog tot na elven had zitten werken. Zijn collega's roemden hem om die werklust, maar als hij eerlijk was, had hij momenteel toch niet veel reden om thuis te zijn.

'Je vergeet de kat', zei zijn collega Andres, toen Georgos dat laatste met enig cynisme uitsprak.

Georgos keek hem aan. 'Die heeft ze ook meegenomen.'

'Man', zei Andres met een zucht. 'Je bent er echt niet goed uit gekomen, hè.'

Georgos trok een gezicht. Hij liet het er maar bij. Het recente vertrek van zijn vriendin Karolina mocht dan voor hemzelf als een relatieve verrassing zijn gekomen, het bleek dat ongeveer iedereen om hem heen het van mijlenver had zien aankomen. En er ook niet rouwig om was. Zijn moeder stond daarbij vooraan. En als hij eerlijk was, miste hij de kat meer dan de vrouw, wat misschien wel genoeg zei.

Ook dat laatste sprak hij hardop uit. Andres lachte nu voluit. 'De hoofdinspecteur wil een update', liet hij toen weten. 'Over vijf minuten.'

'Komt goed, komt goed', zei Georgos, terwijl hij wat papieren bij elkaar raapte en de laatste slok van zijn espresso nam. 'Ik kom er zo aan.' Hij nam nog snel de moeite om de nieuwsberichten over de gebeurtenissen in Nederland op te zoeken om ze bij het dossier te voegen. Bij wijze van uitzondering werkte de printer als een zonnetje en net op tijd stapte hij het kantoor binnen van inspecteur Roman Petridis, die met zijn gebruikelijke norse gezicht achter zijn bureau zat te wachten. Georgos sloot de deur achter zich en nam plaats naast Andres. Op het laatste moment kwam Irina binnen, met drie bekertjes automatenkoffie.

'De media hijgen in mijn nek', zei Petridis, toen Irina de deur weer had gesloten. Zijn stem klonk veel vriendelijker dan zijn gelaat deed vermoeden. Na zeven jaar samenwerken wist Georgos dat de inspecteur nu eenmaal was gezegend met een blik die de indruk wekte dat hij immer geïrriteerd was, iets wat vooral de jongere leden van het korps weleens verschrikt ineen deed krimpen. En als het nodig was, deinsde de inspecteur er ook niet voor terug om onomwonden de waarheid te zeggen. Maar als je met hem werkte, leerde je hem kennen als een kundige politieman en een leidinggevende die voor zijn mensen door het vuur ging.

'Verbaast me niks', antwoordde Andres. 'In dat hotel zit een groep journalisten.'

Petridis fronste even. 'Het gaat meer om lokale media, vanuit het buitenland hebben we pas één telefoontje gehad.'

'Uit Nederland?'

De inspecteur knikte. 'Daar maak ik me geen zorgen om. Maar lokaal beginnen de vragen zich op te stapelen. De eerste onzin is al verschenen, het regent speculaties en we moeten wel met iets komen.'

Georgos wist wat zijn chef bedoelde. Ook hij had op internet de nieuwsberichten gelezen, waarin werd gesuggereerd dat de politie de dood van de duiker had onderschat. Een zaak waarbij alles erop wees dat het een ongeluk was, maar die met hernieuwde aandacht was bekeken nu de eigenaar van het hotel badend in het bloed in zijn appartement was gevonden. Woede, was het eerste woord geweest dat bij Georgos was opgekomen toen hij de plaats delict had betreden. Razende woede.

Dat bloed, daar werd nu verder onderzoek naar gedaan. Want gezien de enorme hoeveelheid was het onmogelijk dat de dader schoon uit de strijd was gekomen. Ergens moest bebloede kleding zijn, weggegooid, vernietigd, wat dan ook. De plavuizenvloer was ook minutieus onderzocht op bloedsporen, maar vooralsnog zonder resultaat.

'Waar staan we?' vroeg Petridis en hij keek het driekoppige gezelschap aan. Typisch zijn chef. Hij zorgde er altijd voor dat hij zich zelf al een uitgebreid beeld vormde van de zaak en de voortgang daarvan, maar liet zich vervolgens vanaf nul updaten door zijn team. Op die manier hield hij zijn mensen scherp en wist hij bovendien zeker dat er geen details verloren gingen.

Georgos legde zijn map voor zich op het bureau van de chef. De zaak was minder dan een dag oud en ze hadden al een indrukwekkend aantal betrokkenen gesproken. Hij was niet ontevreden.

'Antonie Singha lijkt een man met alleen maar vrienden te zijn', zei hij. 'Zijn personeel spreekt vol lof over hem, zijn gasten waren meer dan tevreden, ook die groep journalisten. Al zegt dat laatste misschien niet veel, want zij werden op uitnodiging een week lang gratis in de watten gelegd. Althans, dat was het plan.'

'Maar?' vroeg Petridis.

Georgos ging verzitten. 'Maar niemand heeft alleen maar vrienden. Op dit moment is er een aantal onderzoekslijnen waarop ik zou willen inzetten. Ten eerste zijn er die gebeurtenissen in Nederland, waar een van de journalisten ons over heeft geïnformeerd. Dat informeren blijkt achteraf ongeveer gelijktijdig met de moord te hebben plaatsgevonden.'

Hij zag de wenkbrauwen van zijn chef omhooggaan. Begrijpelijk, het overeenkomen van de tijdstippen was op z'n minst opvallend te noemen. Het leek erop dat Emily van Son als enige op de hoogte was van wat er in Nederland was gebeurd, tenzij een van de andere aanwezigen overtuigend had gespeeld dat de naam van het slachtoffer van destijds geen bel deed rinkelen. Wat mensen zeiden was weliswaar een van de minst betrouwbare factoren van politieonderzoek, maar vooralsnog had hij geen reden om aan te nemen dat een van de journalisten, of de andere gasten, toch een band had gehad met Muriël Hoefnagel.

'Geen van hen, behalve Emily van Son dan', zei hij tegen zijn collega's. 'Zij zegt dat ze pas enkele uren voordat ze zich bij de politie meldde voor het eerst van Muriël Hoefnagel had gehoord. Dankzij een collega die de nieuwsberichten doorstuurde die wij hebben gekregen.'

'Achtergrond?' vroeg Petridis.

'Journalist, hoofdredacteur van een magazine', zei Georgos. 'Voorlopige research heeft geen connecties tussen haar en Antonie of Muriël opgeleverd, maar ook hiervoor staat nog een informatieverzoek uit bij de Nederlandse politie.'

Petridis leunde voorover en vouwde van zijn vingers een dakje onder zijn kin. 'Wat is de onderzoeksrichting?'

Georgos wreef over zijn kin, wat een raspend geluid teweegbracht. Hij had vanochtend niet de moeite genomen om zich te scheren. 'Nog niet geconcretiseerd. Het inbrengen van de informatie rondom het tijdstip van overlijden van Antonie geeft volgens mij aanleiding voor verder onderzoek. In ieder geval naar een eventuele relatie tussen Muriël en Zara.'

Petridis knikte langzaam. Hij maakte een korte aantekening op een toch al volgekrabbeld notitieblok. 'Verder?'

'De tweede onderzoekslijn is de dood van Muriël Hoefnagel', nam Andres het over. 'De betrokkenheid van Antonie daarbij geeft aanleiding te denken dat er wellicht sprake is van gevoelens van wraak richting hem. De familie van Muriël heeft eerder in de media aangegeven sterke twijfels te hebben over de uitkomst van het politieonderzoek destijds.'

'En die uitkomst was?'

'Dat het een ongeluk was. Op het moment van het incident was ayahuasca geen verboden middel en de conclusie van het onderzoek was dat het niet verkeerd is bereid. Al moet worden opgemerkt dat zoiets niet onomstotelijk kan worden aangetoond.'

'Hoezo?'

'We hebben het onderzoeksrapport van de Nederlandse politie ontvangen en daaruit valt op te maken dat het drankje zoals het is aangetoond in de maag van Muriël Hoefnagel, is onderzocht. Dat is enkele uren na haar dood gebeurd en het is niet met zekerheid te zeggen wat de samenstelling van het drankje was op het moment van innemen.'

Andres zweeg even. Petridis knikte, Georgos nam een slok van zijn koffie en probeerde geen vies gezicht te trekken. Niet voor het eerst wenste hij dat hij een theedrinker was.

Andres nam het woord weer. 'Maar met inachtneming van een marge van enige onzekerheid, heeft de Nederlandse politie de conclusie getrokken dat de dood van Muriël Hoefnagel niet strafrechtelijk verwijtbaar is aan Antonie.'

Georgos keek zijn collega aan. 'Dat hebben ze mooi geformuleerd.'

Andres haalde kort zijn schouders op. 'Zo staat het er.'

Georgos knikte even. Hij kende soortgelijke formuleringen, waarmee feitelijk werd gezegd dat er niet genoeg bewijs was om iemand aan een misdaad of een incident te linken. Wat iets anders was dan de conclusie dat iemand onschuldig was. Net zoals het juridische oordeel over schuld, kon het juridische oordeel over onschuld alleen door een rechter worden geveld. Maar in het geval van zaken waarbij de politie op basis van de gevonden bewijzen en afgelegde verklaringen niet voldoende aanknopingspunten zag om door te gaan met het recherchewerk, werd de rechter niet om een oordeel gevraagd. Op papier maakte dat Antonie onschuldig aan de dood van Muriël Hoefnagel, maar door zijn betrokkenheid en de uitlatingen van de familie in de media kon Georgos zich levendig voorstellen dat er zelfs na al die jaren nog veel wrok zat.

Petridis knikte nadenkend. 'Laat een van de teamleden uitzoeken of er familieleden van de overleden vrouw op het eiland zijn. Ik zou in eerste instantie een week terug kijken.'

Het was prettig, bedacht Georgos, dat het vanuit Nederland moeilijk was om Samos te bereiken op een andere manier dan met het vliegtuig of een georganiseerde veerdienst. Dat maakte het onderzoek naar de eventuele aanwezigheid van familieleden vrij overzichtelijk. Het was natuurlijk mogelijk dat ze met een eigen bootje vanaf een ander eiland of vanuit Turkije naar Samos waren gevaren, maar bij politieonderzoek draaide het niet alleen om mogelijkheid maar ook om waarschijnlijkheid. En die optie leek hem niet erg waarschijnlijk.

'Het is wel omslachtig', zei Irina, die blijkbaar met soortgelijke gedachten in haar hoofd zat. 'Als ze uit zijn op wraak voor de dood van Muriël, hebben ze in Nederland lange tijd de kans gehad om daar iets mee te doen. En dan zouden ze net toeslaan nu hij naar Samos is verhuisd.'

Petridis knikte langzaam. 'Aan de andere kant kan de opening van het resort een trigger zijn geweest. Lange tijd is Antonie van de radar geweest en nu duikt hij weer op en opent hij ook nog eens een nieuw spiritueel centrum, mooier en groter dan wat hij eerst had.' Hij zweeg even en alle vier probeerden ze zich te verplaatsen in de positie van Muriëls familie. 'Dat hij nu gewoon doorgaat, kan bij de familie misschien tot boosheid hebben geleid.'

Het was een optie en het was zeker het onderzoeken waard, dat wist Georgos ook wel. Maar toch had hij moeite om te geloven dat iemand vanuit Nederland deze kant op zou reizen voor zo'n onderneming, die door de manier van reizen alleen al een grote pakkans bood.

'We moeten ook kijken naar mensen die hier al langer wonen', zei hij nadenkend. 'Nederlanders op het eiland, die misschien een link met de familie Hoefnagel hebben. Eventueel locals.'

Petridis haalde diep adem, het geluid klonk wat moeizaam. Georgos had een vermoeden van wat zijn chef dacht. De hoofdinspecteur zat in een voortdurende spagaat tussen de druk om zoveel mogelijk zaken op te lossen en de noodzaak om dat met zo min mogelijk mankracht te doen. Het vinden van een link tussen Antonie of Muriël en zo'n beetje de hele bevolking van Samos, inclusief de recent ingevlogen toeristen, was een klus van jewelste. Nu, in de eerste dagen na de moord die veel aandacht had getrokken, was het geen probleem om een groot team bij de korpsleiding los te krijgen. Maar de vraag was hoelang die luxe zou duren. Na een week, misschien twee, moesten er resultaten komen, verdachten, verhoren. Een uitgebreid onderzoek naar verwanten of bekenden van Muriël Hoefnagel kostte meer tijd dan dat en het was de vraag hoeveel mankracht Petridis erop kon zetten.

'Optie drie', zei Irina monter, toen de stilte tussen hen zwaar begon te worden. Ze rommelde in haar papieren tot ze kennelijk het juiste had gevonden. 'Er was wat onenigheid rondom de opening van het resort. Diverse personeelsleden hebben aangegeven dat de komst van het resort door de omliggende hotels niet met gejuich werd begroet.' Ze keek het groepje rond. 'Wie weet heeft Antonie bepaalde mensen boos gemaakt.'

Ze noemde geen namen en dat hoefde ook niet. Alle drie kenden ze Perry Karadouplos, de eigenaar van drie hotels op het eiland. Twee hotels lagen in de buurt van Pythagorion, eentje bij het populaire strand Psili Ammos. Met zijn bedrijven en zijn netwerk had Karadouplos een machtige positie op het eiland. Niemand kon een ondernemer met een vergunning verbieden een hotel te openen, maar als Perry Karadouplos het er niet mee eens was, had je het als eigenaar niet makkelijk.

Petridis knikte langzaam. 'Ga het maar uitzoeken, inderdaad. Praat met het personeel van Antonie en met andere ondernemers, maar nog niet met Karadouplos. Ik wil niet dat hij weet dat we naar hem kijken.'

Irina knikte en maakte wat aantekeningen en daarna verdeelde Petridis de andere taken. Georgos zou vandaag teruggaan naar het resort en verder praten met de weinige gasten en een aantal personeelsleden. Bovendien was het zijn taak om de leiding te nemen in het hernieuwde onderzoek naar de dood van Zara Ayanipa. Die zaak leek eerder vooral op een ongeluk, maar met het overlijden van Antonie Singha lag ook dat dossier weer open op tafel.

Petridis sloot de vergadering af en Georgos keerde terug naar zijn te warme kantoor. Hij ging achter zijn bureau zitten. Met een tik tegen de muis wekte hij zijn computer tot leven. Op zijn scherm verscheen het programma waarin zaken werden gedocumenteerd en aangevuld, waar hij met één druk op de knop een overzicht kon krijgen van het bewijsmateriaal, verdachten, verhoren en getuigen. Rechercheurs konden die informatie optuigen met observaties en op bewijs gestoelde vermoedens en verbanden. Hij staarde naar de overzichtspagina van de zaak-Singha – die eigenlijk de zaak-Dijkstra zou moeten heten, maar niemand nam de moeite om de naam aan te passen – en toen hij daarmee klaar was, opende hij de pagina van de zaak-Ayanipa. Omdat hij momenteel weinig anders had om op te varen, probeerde hij te bedenken wat zijn gevoel zei over een verband tussen de twee zaken, maar zelfs dat liet hem in de steek.

Hij haalde mappen tevoorschijn en opende die van Antonie Singha. Nadat hij losse pennen, snoepwikkels en papieren aan de kant had geschoven, spreidde hij de foto's uit op zijn bureau. De plaats delict was een rommel – of beter: een slagveld. De dader had weliswaar doeltreffend toegeslagen, maar had zich verder niet bekommerd om de grote hoeveelheid bloed die het doorsnijden van een halsslagader met zich meebracht. In zijn beginjaren bij de politie was Georgos als agent eens naar een melding van huiselijk geweld gestuurd. Bij aankomst had een man net de halsslagader van zijn echtgenote doorgesneden. Georgos zou nooit de aanblik vergeten van het bloed dat op het ritme van de hartslag uit de wond pulseerde. Hij had die dag overgegeven in de bosjes achter het huis – iets waarvoor hij zich schaamde, tot hij een van zijn meer doorgewinterde collega's hetzelfde zag doen.

Het bloed van Antonie Singha zat werkelijk overal, stelde hij weer eens vast op de foto. Het lichaam lag op de grond, maar door het bloedspattenpatroon konden ze vrij nauwkeurig vaststellen dat het letsel toegebracht moest zijn toen hij niet ver van de muur had gestaan.

Georgos herinnerde zich precies hoe hij de plaats delict had betreden en eerst had gedacht dat Antonie een bijzondere smaak in wanddecoratie had. De grote rode druipende vlek achter de bank spatte van de witte muur af. Het had hem een paar seconden gekost om zich te realiseren dat hij staarde naar het resultaat van de actie van wat voor zijn gevoel een boze dader moest zijn geweest. Want niet alleen was de halsslagader geraakt, de moordenaar had voor de zekerheid ook diverse messteken toegebracht in de hartstreek. Alsof je aan dat eerste al niet vrijwel onmiddellijk overleed. Georgos wist niet zeker of hij nu te maken had met een dader met veel of juist weinig geen verstand van het menselijk lichaam. De manier waarop de halsslagader was geraakt, deed het eerste vermoeden. Eén steek, meteen raak. Bijna met chirurgische precisie. Maar een echte arts wist dat zo'n steek dodelijk was en zou daarna geen tijd besteden aan het toedienen van het overige letsel. Zoals bij inbraken de drieminutenregel gold – was een inbreker niet binnen drie minuten binnen in een huis, dan zou hij het hoogstwaarschijnlijk ergens proberen waar de sloten minder goed waren – zo gold bij moorden ook dat snelheid doorgaans geboden was. Alleen daders die hun slachtoffer succesvol hadden geïsoleerd op een plek waar voorlopig geen bezoek verwacht hoefde te worden, konden uitgebreid de tijd nemen. Zo'n plek was het appartement van Antonie Singha bepaald niet, zeker gezien het feit dat hij elk moment gebeld kon worden wegens het arriveren van zijn zakelijke afspraak. De patholoog had vastgesteld dat het overlijden minder dan een uur voor de vondst van het lichaam had plaatsgevonden. Een dader met haast, tenzij diegene niet op de hoogte was van de afspraak, maar dan nog was het redelijk om te denken dat de eigenaar van het hotel midden op een werkdag relatief snel gemist zou worden.

En dan toch, na het doorboren van de halsslagader, het hart meepakken. Had dat te maken met het inbouwen van de zekerheid dat het slachtoffer het echt niet zou overleven, of moesten ze dit zien als een aanwijzing? Het was niet moeilijk om te bedenken wat de symbolische waarde van messteken in iemands hart was, al moest je bij recherchewerk altijd oppassen voor conclusies die voor de hand lagen.

Hij pakte een foto op. In de loop der jaren na het huiselijkgeweld-incident was zijn maag – en trouwens ook zijn ziel – gehard. Tegenwoordig keek hij zonder problemen naar de meest gruwelijke foto's, en zelfs van de live aanblik van lichamen in diverse staten raakte hij niet makkelijk meer van slag. De truc was om het allemaal met een technische blik te bekijken. Zoveel bloed, dit patroon – wat zei dat over de positie van de dader? Van het slachtoffer? Als je het zo bekeek, was het niets anders dan een puzzel die opgelost moest worden. Opgelost kón worden, want Georgos was ervan overtuigd dat de oplossing van elke zaak al zat opgesloten in de plaats delict. Het was alleen de vraag waar de bloederige sleutel verstopt lag.

Antonie was van voren aangevallen. De halsslagader was recht doorboord met het mes dat de dader op de bank had laten liggen. Afkomstig uit de keuken van het resort en uiteraard schoongeveegd van vingerafdrukken. De camera's die overal in het hotel hingen, werkten nog niet. Frustrerend, omdat er eentje bij de deur van de keuken hing en de camera bij de ingang ook zinvolle informatie had kunnen verschaffen. Georgos vermoedde dat de dader had geweten dat de camera's het niet deden. Hij was begonnen een lijst te maken met mensen die daarvan op de hoogte waren, maar was daarmee weer gestopt toen hij had vastgesteld dat de kabel van de betreffende camera bij de keuken zichtbaar loshing.

Antonie moest zijn belager hebben gekend, daarvan was Georgos inmiddels overtuigd. De deur van het appartement was vanaf de gang niet zonder sleutel te openen en er waren geen sporen van braak. Het was mogelijk dat Antonie de deur open had laten staan, maar dan zou je verwachten dat hij zou hebben geprobeerd een eventuele onbekende bezoeker eruit te werken. Noch de verwondingen noch het patroon van de bloedspatten gaven aanleiding te denken aan een worsteling.

Een kort klopje op zijn openstaande deur haalde hem uit zijn gedachten.

'Hi', zei Irina. Ze keek naar de uitgespreide foto's. 'Wat denk je?'

Georgos liet zijn hand rusten op een foto van het lichaam. 'Ik dacht na over gebroken harten.'

Irina grijnsde. 'Dat klinkt ernstig.'

Hij lachte ook en leunde achterover op zijn stoel. 'Als je bereid bent iemand ervoor te vermoorden, is het dat ook.'

Irina liet zich op de stoel aan de andere kant van het bureau zakken. 'Denk je in die richting? Crime passionnel?'

De manier waarop ze de Franse term uitsprak was komisch. 'Je kijkt te veel films', zei Georgos.

'Ik kijk nooit films. Niet nodig met mijn werk.'

Georgos humde instemmend. 'Ik weet niet wat het zegt dat de dader een paar keer in het hart heeft gestoken, toen Antonie al zo'n beetje doodbloedde aan die andere wond.'

Irina haalde haar schouders op. 'Als we zijn collega's en zijn familie mogen geloven, was zijn liefdesleven zo goed als niet-bestaand. Al flirtte hij graag.'

'Ik heb nooit meegemaakt dat iemand is vermoord wegens geflirt', zei Georgos.

Irina keek nadenkend. Dan hield ze haar hoofd schuin en trok haar donkere wenkbrauwen een klein stukje omhoog tot twee perfecte, puntige boogjes. 'Wat mij opvalt, is dat bijna niemand hem kende. Echt kende, bedoel ik.' Ze tikte met de nagel van haar vinger op de foto die het dichtst bij haar lag. Het was een ingezoomd beeld van de gapende wond in Antonies hals. 'Zijn personeel werkte nog niet zo lang voor hem, omdat het resort nog maar net open was. Hij had ze allemaal een of twee maanden eerder aangenomen en stuk voor stuk beschrijven ze hem als vriendelijk en rustig. Een goede baas.' Ze keek Georgos aan. 'Hij woonde sinds vorig jaar september permanent op het eiland en had amper contacten. Dat is op zichzelf wel opvallend, vind je niet?'

Georgos haalde kort zijn schouders op. 'Misschien, maar als je bezig bent een resort te openen, heb je vast andere dingen te doen dan in de bar aan je vriendenkring te werken.'

Irina leunde achterover. 'Zijn broer komt zo meteen, hij landt rond deze tijd.'

'Geeft de patholoog het lichaam al vrij?'

'Nee.' Irina haalde kort haar schouders op. 'Hij wilde het nog even vasthouden voor onderzoek, begreep ik.'

Georgos kwam overeind en keek Irina aan. 'Ga je mee? We gaan een bezoekje brengen aan het mortuarium.'

Hoofdstuk 8

AAN DE HORIZON GLEED EEN ZEILBOOT VOORBIJ. EMILY volgde hem met haar blik, die ze daarna naar een punt dichterbij verplaatste. Kleine golfjes spoelden over de stenen in de branding. Floor dreef op haar rug in het water, niet ver van het strand. Minuten die voelden als uren verstreken. Emily voelde zich zwaar van de slaap die ze vannacht niet had gehad. Rond deze tijd zou eigenlijk de vlucht naar Nederland vertrekken.

Links van haar zat Marjolein, daarnaast Barbara. Zij praatten op gedempte toon met elkaar. Als Emily zich inspande kon ze misschien horen wat ze zeiden, maar eigenlijk kon het haar niet echt schelen. Het wachten maakte haar gek. De politie wilde dat ze beschikbaar waren voor het onderzoek, maar liet vervolgens amper van zich horen. Emily staarde naar haar boek, dat op het tafeltje naast haar strandstoel lag. Lezen, werken, ze kon zich nergens op concentreren.

Gisteravond was het lichaam van Antonie opgehaald. Ze had niet willen kijken en toch had ze een blik geworpen op de brancard met daarop de zwarte lijkzak, die langs de receptie van het hotel werd gereden. Voor de deur stond een grijs busje klaar. Binnen een paar minuten was de motor gestart. Het lichaam zou meteen door de patholoog worden onderzocht, zo had ze begrepen van een agent. De broer van Antonie was gisteravond in het vliegtuig naar Samos gestapt. Emily had hem nog niet ontmoet, hij zou waarschijnlijk de hele dag op het politiebureau doorbrengen.

In haar tas begon een melodietje te spelen. Emily haalde haar telefoon tevoorschijn en keek op het scherm. Nikolai. Even aarzelde ze, toen nam ze op. 'Met Emily', zei ze, alsof ze zijn nummer niet had opgeslagen. Ze wist niet waarom, maar die afstand was na hun vorige ontmoeting ineens belangrijk.

'Hé', zei hij, zonder zijn naam te noemen. 'Ik heb gehoord wat er in het resort is gebeurd.'

Het nieuws verspreidde zich natuurlijk snel, zeker in een bar. Zara's duikongeluk was ook binnen een paar uur in de media gemeld. En deze keer was het nog veel groter.

'Ja. Vreselijk.'

'Hoe gaat het met je?'

Emily knikte wat, maar dat kon hij natuurlijk niet zien. 'Het is bizar', zei ze uiteindelijk.

‘Denk je dat ze weten…’

‘Wat?’ vroeg Emily, toen hij die zin niet afmaakte. Achter haar ogen begon zich een zeurende hoofdpijn te ontwikkelen.

‘Dat ze weten dat je bij mij was.’

Ze staarde naar een zeilboot, die ergens bij de horizon voorbijgleed. ‘Dat weten ze, omdat ik ze dat heb verteld. Ze vroegen waar ik was op het tijdstip van de moord.’

‘O.’ Hij haalde hoorbaar adem. ‘Ja, logisch.’

‘Misschien nemen ze nog wel contact op. Je weet wel… alibicheck.’

Hij liet een pufje horen. ‘Ja, natuurlijk.’

Er viel een stilte. Emily masseerde haar voorhoofd met haar hand. Nikolai was degene die uiteindelijk weer begon te praten. ‘Trek je het nog een beetje?’

‘Het is weleens beter gegaan met me.’

Ze hingen op. Emily gooide haar telefoon in haar strandtas. Ze strekte zich uit op haar bedje. ‘Moeilijk gesprek?’ vroeg Barbara naast haar.

Emily keek verwonderd. ‘Nee hoor, dat was een oude kennis.’

‘Was dat die vent waar je gisteren was?’ vroeg Marjolein. ‘Toen Antonie… Toen het gebeurde.’

Emily keek verbaasd. Had ze dat aan Marjolein verteld? Ze sloot even haar ogen en herinnerde zich toen inderdaad het gesprek van gisteravond, toen ze er met de groep over hadden gepraat. Toen had ze Nikolai genoemd. ‘De politie heeft kennelijk nog geen contact met hem opgenomen’, zei ze.

Achter haar zonnebril sloot ze haar ogen, maar de hoofdpijn verdween niet. Marjolein liet haar niet met rust. 'Hoe ken je hem?'

Emily hield haar ogen gesloten terwijl ze antwoord gaf. 'Ik heb jaren geleden iets met hem gehad, toen hij in Amsterdam woonde.'

'Lang?'

Emily opende één oog. Met haar blik op de horizon gericht dacht ze na over die vraag. Het was lang geleden, ze wist het niet meer precies. 'Een paar maanden, zoiets. Ik was smoorverliefd, maar erg veel toekomst had het natuurlijk niet. Hij zou op een dag teruggaan naar Griekenland, dat was vanaf het begin duidelijk.'

'Wilde je niet mee?'

Emily haalde haar schouders op. Ze had eigenlijk geen trek in deze vragen, maar vond het niet aardig om het gesprek af te kappen. 'Het liep gewoon zo', zei ze. 'Ik was jong, hij was jong, we hadden geweldige seks en we vonden elkaar aardig. Hij was fijn gezelschap. En ontzettend knap.'

'Stel dat jullie nu weer bij elkaar komen...' Blijkbaar rook Marjolein een mooi verhaal, want ze ging meer rechtop zitten.

Emily grimaste. 'Dat gaat niet gebeuren. Ik mag niet eens over de drempel van de bar komen. Zijn vriendin is kennelijk nogal bezitterig.'

'Serieus?'

'Ja.' Emily haalde haar schouders op. Toen ze de blik op het gezicht van Marjolein zag, begon ze alweer spijt te krijgen van haar ontboezemingen. 'Dat is tenminste wat hij zegt, maar het zal allemaal wel meevallen. Misschien heb ik het wel verkeerd begrepen.'

'Is hij nog steeds zo knap?'

Emily had geen zin meer in dit gesprek. 'We zijn allebei ouder geworden.' En toen, omdat ze dat onaardig vond klinken: 'Maar hij mag er zeker zijn.'

'Hm.' Marjolein leek genoegen te nemen met de informatie die ze had gekregen. 'Nou ja, na deze trip zie je hem waarschijnlijk toch nooit meer. Of je moet zin hebben om nog eens naar Samos op vakantie te gaan, maar zelf heb ik dat niet.'

'Ik sla voorlopig ook even over', zei Emily.

'Wat doen jullie eigenlijk met het verhaal?' Dat was Barbara. 'Ik heb nu voor de krant artikelen geschreven over de dood van Zara en die van Antonie, maar ik weet niet of ik ook nog over het resort moet schrijven. Ik heb mijn chef natuurlijk wel een artikel beloofd.'

Emily keek haar bevreemd aan. 'Wat wil je over het resort schrijven? Dat iedereen hier vooral naartoe moet gaan, ook al hebben we te maken met twee doden in een paar dagen tijd?' De woorden kwamen er cynischer uit dan ze had bedoeld, maar ze kon niet geloven dat iemand zich nu druk maakte over zo'n artikel.

Barbara gaf geen antwoord. Marjolein keek naar Emily. 'Ga jij er niets over schrijven?'

'Nee, zodra ik thuis ben, ga ik proberen om dit allemaal te verwerken. Dat lijkt me al inspannend genoeg. Misschien dat ik uiteindelijk nog eens iets zal schrijven over het meemaken van zoiets ergs.' Ze fronste. 'Trouwens, ik vraag me af of het resort openblijft. Het was helemaal Antonies project, hij had geen mede-eigenaar.'

Marjolein knipperde een paar keer. 'Zou dat misschien achter de moord kunnen zitten? Iemand die niet wilde dat dit resort openging?'

Daar moest Emily even over nadenken. De theorie voelde tegelijkertijd te simpel en te ingewikkeld. 'De politie zal dat wel onderzoeken', zei ze uiteindelijk.

'Het is natuurlijk een moeilijke tijd door corona', deed Barbara een duit in het zakje. 'Alle resorts kampen met enorme verliezen, daar heeft mijn krant een paar weken geleden nog een uitgebreid artikel over geschreven. Het gaat niet om honderdduizenden, maar om miljoenen euro's.' Ze keek nadenkend voor zich uit. 'Ik kan me best voorstellen dat als het water je aan de lippen staat, de opening van een nieuw resort voelt als een enorme bedreiging.'

Emily tuitte haar lippen en staarde voor zich uit. 'Maar om iemand om die reden dan maar te vermoorden...' Ze schudde haar hoofd. 'Dat gaat wel heel ver. Dan zou je eerder verwachten dat er sprake is van een conflict.'

'Tja.' Barbara haalde haar schouders op. 'Toen ik nog bij de nieuwsdienst werkte, schreef ik regelmatig over moorden. Ik heb altijd onthouden hoe banaal sommige aanleidingen waren. Eén keer heb ik een artikel geschreven over een burenruzie die eindigde in doodslag en dat ging over een plant die door de heg groeide. Zoiets is dan natuurlijk de spreekwoordelijke druppel, want toen ik met de betrokkenen ging praten, bleek dat er een kruitvat aan ergernissen en ruzies onder zat. Als zoiets eenmaal tot een explosie komt...'

'Als dat hier het geval is, zal de politie dat wel ontdekken', zei Emily.

'Denken jullie dat de dood van Zara met die van Antonie te maken heeft?' vroeg Marjolein. Emily sloot haar ogen en masseerde haar slapen. Het gesprek bezorgde haar hoofdpijn. Telkens weer ronddraaien in hetzelfde, kleine cirkeltje. Hoewel ze buiten was, had ze een gevoel alsof er muren op haar afkwamen. Ze had de anderen niets verteld over wat er in Nederland was gebeurd en dat was ze nu ook niet van plan. Het zou alleen maar brandstof geven aan hun speculaties. Ergens verbaasde het haar wel dat iemand als Barbara, die toch jarenlang bij de nieuwsdienst van de krant had gewerkt, zelf die informatie niet boven tafel had gehaald. Sommige artikelen waren nota bene afkomstig uit haar eigen dagblad.

Ze liet het gesprek langs zich heen gaan. Arjan was er nu bij komen zitten en zette een theorie uiteen over dat andere ondernemers op Samos eerst hadden geprobeerd het resort van Antonie in een kwaad daglicht te stellen door een gast te vermoorden en toen dat geen resultaat had gehad – Welk resultaat, vroeg Emily zich af. Hoe moest je dat meten, en al helemaal binnen twee dagen? – was diegene verder gegaan door Antonie zelf te vermoorden.

Ze pakte haar telefoon weer op, meer uit gewoonte dan uit noodzaak. Of misschien was het haar wanhopige zoektocht naar afleiding die maakte dat ze tig keer per uur haar social media bekeek, ververste, nog een keer bekeek. Ze likete foto's van uitzichten, baby's, werkprestaties, zonder daadwerkelijk iets te zien. Ze beantwoordde appjes van meelevende collega's en vriendinnen en stelde voor de zoveelste keer haar moeder gerust dat ze echt veilig was. De politie had beveiliging voor het resort geregeld. En, schreef Emily naar haar moeder, ze kwam naar huis zodra het kon. Daarna sloot ze haar telefoon weer af en legde hem terug. De rusteloosheid stak opnieuw de kop op. Hoe kon ze hier maar op het strand liggen terwijl er twee mensen dood waren? De vraag op zich was onzinnig, niets van wat zij deed zou iets aan de situatie veranderen. En ze had ook al weinig bij te dragen aan de oplossing van de zaken. Toch moest ze in beweging komen, weg hier. Met een plotselinge haast stopte ze haar telefoon in haar tas en trok haar slippers aan. 'Ik ga even...' zei ze, maar ze had niet echt een tweede deel van die zin in gedachten. De rest leek dat ook niet te verwachten, zij knikten gewoon. 'Tot straks', zei Emily en ze liep weg, zonder doel.

De koelte was een verademing na de niet-werkende airconditioning op het bureau, maar dat was dan ook meteen het enige wat het forensisch mortuarium een prettige plek maakte. Zoals altijd prikten Georgos' ogen een beetje door de overdadige aanwezigheid van formaldehyde. Georgos was in zijn loopbaan nog nooit een patholoog tegengekomen die niet vol passie over het vak sprak, terwijl de omgeving waarin zij hun werk deden, nu niet meteen gezellig te noemen was. Het had hem de stellige overtuiging opgeleverd dat elke patholoog wel een beroepsfreak moest zijn en dat gold zeker voor Robert Stefanson, de van oorsprong Zweedse patholoog die al jaren in Griekenland werkte. Hij was nu vanuit Athene ingevlogen om forensisch onderzoek te doen.

Hij was wel een beroepsfreak van het goede soort. Het kleine, kalende mannetje liep druk rondom de tafel met daarop het lichaam van Antonie Singha. Hij had een grote voorliefde voor moordzaken, die hij niet onder stoelen of banken stak. De puzzel, de kleinste details die ertoe deden en de ontdekkingen die je kon doen op het lichaam, wekten zijn enthousiasme op als niets anders. Er waren collega's die moeite hadden dit enthousiasme te delen, maar Georgos was ervan overtuigd dat het uiteindelijk dezelfde fascinatie was die mensen ook bij de recherche bracht. Als je niets met moord had, kon je beter een ander vak kiezen.

'Een schone steek.' De gehandschoende hand van de patholoog volgde de rechte lijn van de wond in de hals. 'Geen rafels, wat erop duidt dat het mes er recht in is gegaan en er net zo recht uit is getrokken. Dat geldt ook voor de wonden rondom het hart.' Hij verplaatste zijn hand. 'Kijk maar, je kan er zowat een liniaal naast leggen.'

Georgos volgde met zijn blik de hand van de patholoog. Nu het lichaam was schoongemaakt en het bloed was weggepoetst, zagen de wonden er smal en ongevaarlijk uit. Rechte, rode lijnen op een verder smetteloze huid, die gelig was verkleurd. De wond in de hals stond een beetje open.

Het lichaam had zijn leven verloren. Georgos was niet

spiritueel aangelegd, maar ervaring had hem inmiddels geleerd dat het na de dood een tijdje duurde voor de ziel uit het lichaam was. Niet letterlijk, hij geloofde niet in opstijgende zielen en aankomsten in een andere wereld. Hij geloofde dat het einde van de hartslag het einde van het bestaan was. Maar toch bleef er op een dood lichaam altijd iets van leven rusten. De laatste emotie, de finale blik. Soms duurde die nog een paar uur voort, soms wel een dag of meer.

Dat was het gekke: de laatste emotie van Antonie – nu door de dood definitief weggezogen – was rust. In zijn situatie zou je denken aan angst, schok of ongeloof, maar zijn uitstraling was geweest zoals die van de foto's die op de website van zijn resort stonden: kalm, zen, in alles de moderne, spirituele leider. Niet van zijn stuk te brengen. Alsof hij zijn aanstaande dood aanvaardde of wellicht de gedachte eraan niet had toegelaten.

Georgos ging bij het voeteneind staan en keek naar de wond op de borst, drie verticale streepjes, één horizontaal erboven. Met al het bloed eromheen was het patroon hem niet eerder opgevallen, maar nu wel.

'Kijk eens', zei hij tegen Irina.

'Hm?' Zijn collega bevond zich bij het hoofdeinde en bestudeerde een bloeduitstorting op het voorhoofd. Ontstaan door de val tegen de bank, zo had de patholoog vastgesteld. Net voor het bloed was opgehouden met door de aderen te stromen, had het het hematoom veroorzaakt.

'Hier.' Georgos gebaarde haar om bij hem te komen staan. 'Wat zie je?'

Irina volgde zijn blik. 'Rechte strepen', zei ze, in navolging van de patholoog. 'Niet zo vreemd ook met zo'n vlijmscherp mes.'

Georgos hield zijn hoofd scheef. In gedachten probeerde hij zich voor te stellen dat hij de moordenaar was. Degene die net daarvoor een fikse bloeding had veroorzaakt in de hals van Antonie Singha. Bloed dat eruit gulpte, misschien wel spoot. Het bloedspattenpatroon had laten zien dat het tafereel de aanblik van een horrorscène moest hebben.

'Als de dader voor de zekerheid of voor de symbolische waarde het hart ook nog wilde raken met het mes, dan zou je verwachten dat dat snel gebeurd moet zijn. Rommelig, misschien wel, en met één ferme steek, net als in de hals. Waarom die precisie van die drie streepjes naast elkaar en eentje erboven?

'Goede vraag', zei Irina. 'Misschien wil de dader iets vertellen. We zouden het aan die symbolendeskundige kunnen vragen die we vorig jaar voor die verdwijningszaak hebben geraadpleegd.'

Georgos knikte langzaam. 'Dat kunnen we zeker doen, maar misschien dat we de code in dit geval ook zelf kunnen kraken. Als je het mij vraagt, staat daar niets anders dan de letter M.'

Irina floot tussen haar tanden. Diep in zich voelde Georgos de opwinding die hoorde bij een stap voorwaarts in een onderzoek. Het was geen doorbraak, zeker niet, maar het was iets. Hij pakte zijn telefoon en maakte vanuit verschillende hoeken een foto van de streepjes. Daarna liep hij een paar keer om de tafel heen. De patholoog knikte toen Georgos zijn bevinding deelde. Daarna verontschuldigde hij zich, er was een andere zaak die op hem wachtte. Georgos knikte, ze waren wel klaar. Hij keek toe hoe Robert Stefanson met zijn assistent het lichaam weer zorgvuldig afdekte. Irina trok het witte laken recht bij de voeten. Georgos ademde zo diep in dat hij het formaldehyde in zijn keel voelde prikken. Toen het lichaam werd weggereden, staarde hij ernaar met het ongemakkelijke gevoel dat ze iets over het hoofd zagen dat als een ongrijpbare waarheid recht voor hun neus zweefde.

Hoofdstuk 9

DE DEUR STOND EEN STUKJE OPEN. EMILY MERKTE HET pas toen ze er dichtbij was. De kamer was donker. Stil, ook. Veel stiller dan anders.

Ze stak haar hand uit naar de deur, maar er was iets vreemds. De deur, op een kier, midden in de nacht. Ze keek om. De gordijnen waren ook open. Daarachter was niets dan de inktzwarte nacht. Ze knipperde een paar keer. Dit was haar huis niet.

Ze was niet thuis. Het hotel. De dood. Het besef kroop als een wurgslang om haar nek. Ze wilde hier niet zijn. Ze keek schuin door het raam, daar flikkerde een lamp. Het waaide hard, dat zag ze aan de silhouetten van de bomen die heen en weer bewogen. In de verte brulde de zee. Angstig keek ze weer naar de deur. Ze bleef staan, besluiteloos. Ze wilde de deur sluiten, maar het was of iets haar tegenhield.

Een beweging. Ze zag het vanuit haar ooghoek. Een hand kwam om de hoek. Een hand met een platte, witte rechthoek erin. Ze herkende die vorm. Ze verstarde. Ze gilde, maar er kwam geen geluid. Ze probeerde het nog eens. En nog eens.

De gil klonk nu hard door de stille kamer. Emily zat rechtop in bed, flarden van de nachtmerrie nog in haar hoofd. Zweet liep in een straaltje van haar voorhoofd naar beneden. De lakens plakten aan haar vast. Ze voelde zich misselijk, alsof ze na een avond met te veel drank midden in de nacht wakker werd, de alcohol nog niet verdwenen, de kater al wel begonnen. Met beelden die als schimmen over haar netvlies joegen, sloeg ze de lakens terug. Ze vielen als een knoedel op de vloer. De airconditioning voelde als een ijskoude wind op haar verhitte lijf. Niet prettig, maar ook niet onprettig. Ze leunde achterover in de kussens.

'Het was maar een droom', prevelde ze zacht voor zich uit. Met haar handen bedekte ze haar bonkende hoofd. De droom dreunde na.

Haar mond was zo droog dat ze amper kon slikken. Ze kwam overeind en dronk water uit een flesje op het nachtkastje. Daarna stapte ze uit bed, te rusteloos om te blijven liggen. Ze keek naar de deur. Die was gesloten.

Het volgende moment spoot de adrenaline door haar aderen. Ze sloeg een hand voor haar mond en zoog lucht naar binnen, maar het leek alsof haar keel was afgesloten. Daar, op de grond, lag precies zo'n witte rechthoek als ze in haar droom had gezien. Even sloot ze haar ogen en met een paar diepe ademhalingen dwong ze zichzelf om rustig te worden. Ze controleerde de deur. Die was op slot.

Met trillende vingers raapte ze de envelop op. Toen ze ging slapen, had die er nog niet gelegen, dat wist ze zeker. Het was half drie 's nachts, had ze net op de digitale klok naast haar bed gezien. Geen tijd om post te bezorgen.

Deze keer was de envelop dichtgeplakt. Ze peuterde een hoekje los en schoof haar vinger onder de rand. Door het beven van haar hand gleed de envelop bijna op de grond.

Het was eenzelfde soort kaart. Blijkbaar was er een hele serie van, de illustraties allemaal net even anders. Deze was vuriger, meer rood, harder. De tekening deed haar nog het meest denken aan een ontploffing. Ze staarde ernaar, lang. In haar maag had zich een bal gevormd die groter en groter leek te worden.

Uiteindelijk scheurde ze de envelop open. Ze voelde zich duizelig. Dezelfde donkerblauwe inkt, dezelfde kaarsrechte blokletters. Weer was de boodschap in het Engels.

Wij zijn alles wat er is. Alles wat er ooit zal zijn. Ik schep ons pad en jij zal mij volgen. Jij, Emily. Wij. Alles wat telt.

Ze liet de kaart vallen alsof die plotseling gloeiend heet was. Hij landde op de stenen vloer en schoof een eindje door tot hij tegen de plint tot stilstand kwam. Ze schudde haar hoofd, steeds harder. Dit was geen grap en ook geen onderdeel van een of ander pr-plan.

Ik schep ons pad en jij zal mij volgen.

Wat had dat in vredesnaam te betekenen? Welk pad? Ze had helemaal geen pad, het sloeg nergens op. En ze wilde ook niemand volgen.

Haar blik viel nu op de achterkant van de kaart, bleef hangen aan dat ene punt. Ze staarde ernaar, open mond, haar hoofd begon als vanzelf weer te schudden. 'Nee', prevelde ze, eerst zacht, toen steeds harder. Haar hart bonsde pijnlijk hard, haar ademhaling ging gejaagd. Steeds harder schudde ze haar hoofd. 'Nee', bleef ze maar zeggen. 'Nee, nee, nee.'

Georgos Antoniou was in zijn droom al drie keer gebeld voor hij zich realiseerde dat het geluid daadwerkelijk van zijn telefoon kwam. Hij keek op zijn horloge, waarvan de digitale cijfers oplichtten in het donker. 5.59 uur.

'Antoniou', mompelde hij toen hij opnam. Zijn stem was nog schor van de slaap, zijn oogleden nog zwaar. Hoe laat was hij naar bed gegaan? Hij herinnerde zich het tijdstip van 2.15 uur op zijn horloge. Hij herinnerde zich ook veel glazen wijn en de frisse avondlucht op zijn terras. Met zijn werktijden was een drankje bij thuiskomst misschien niet zo'n goed idee.

Hij hoorde niets en keek op het scherm. De oproep was al naar de voicemail gegaan, al was er de twee keer daarvoor ook niets ingesproken. Het kostte hem moeite om niet zijn ogen te sluiten en zich om te draaien. Regelmatig zat hij rond deze tijd al op het bureau, maar vandaag schreeuwde zijn lichaam om de luxe van tien minuten snoozen en een ontbijt.

De telefoon ging opnieuw. Nu nam hij direct op. 'Antoniou.'

Eerst was het even stil. 'Met Emily', klonk toen een vrouwenstem. Ze sprak Engels. 'Emily van Son. Wij hebben elkaar gesproken...'

'Ik weet wie je bent', zei Georgos, meteen wakker. Zijn horloge liet nu 6.01 uur zien. 'Wat kan ik voor je doen?'

'Ik heb iets gekregen. Een kaart. Ik weet niet of het belangrijk is, maar...'

Ze wist wel of het belangrijk was, realiseerde Georgos zich. Anders zou ze niet op dit tijdstip bellen. 'Ik kom eraan. Ben je in het hotel?'

Het ontbijt moest wachten. Hij nam een snelle douche, kleedde zich aan en vulde een meeneembeker met sterke koffie voor hij op zijn scooter stapte. Ondanks het vroege uur was het druk op de weg naar Pythagorion. Handig manoeuvreerde hij tussen langzaam rijdende auto's door. Hij passeerde het dorp en even later parkeerde hij de scooter voor het hotel.

Ze wachtte op hem in de lobby, die verder verlaten was, op de twee agenten na die het resort bewaakten. Zwijgzaam ging Emily tegenover de rechercheur zitten. Uit haar tas haalde ze een stapeltje. Georgos had de indruk dat ze vannacht niet veel had geslapen.

'Dit heb ik gekregen', zei ze. 'De eerste toen er nog niets aan de hand was, de tweede na de dood van Zara. En vannacht kreeg ik de derde kaart.'

Georgos sloeg de kaarten open, op volgorde. Zijn ogen gleden over de regels, die kort waren en geschreven in een opvallend net handschrift.

Dat wij elkaar hier tegenkomen, is geen toeval. Niets is toeval. Alles loopt volgens het plan. Laat je meevoeren met wat komen gaat. Je kunt niet ontsnappen aan onze bestemming.

'Toen ik deze kaart kreeg, dacht ik dat het erbij hoorde', zei Emily.

Georgos las de tekst opnieuw. Misschien kwam het door het vroege uur en de weinige slaap, maar hij had moeite om de tekst tot zich te laten doordringen. Wat stond hier nu precies? Welk plan?

'Dat het waarbij hoorde?' vroeg hij aan Emily.

Ze haalde haar schouders op. 'Bij de persreis, bij...' Een armgebaar naar niets in het bijzonder. 'Bij alles. Het verhaal van het resort.'

'Hm', zei Georgos en hij sloeg de tweede kaart open. Deze tekst was zo mogelijk nog vager.

Het lot is wreed. Het lot is onomkeerbaar. Maar wij gaan door. Door in ons lot.

'Die kreeg ik nadat Zara was overleden', zei Emily. 'Ik dacht nog dat het toeval was dat de tekst ergens wel aansloot bij wat er was gebeurd. Het leek me alleen niet handig om in die hele situatie kaarten te sturen naar je gasten. Ik wilde het aan Antonie vragen, maar...' Ze zweeg even. 'Nou ja, ik heb hem er niet meer over gesproken.'

Georgos las ook deze boodschap voor de tweede keer. *Wreed. Onomkeerbaar. Wij gaan door. Wij.* Meervoud. Was er meer dan één afzender? Of bedoelde de schrijver zichzelf, samen met Emily?

'Heb je enig idee?' vroeg hij.

Ze schudde haar hoofd. 'Ik heb me suf gepiekerd, zeker nadat ik vannacht de derde kaart had gekregen. Maar het is allemaal zo vaag. Er staat eigenlijk niets en tegelijkertijd bedoelt de afzender van alles.'

Georgos opende de derde kaart.

Wij zijn alles wat er is. Alles wat er ooit zal zijn. Ik schep ons pad en jij zal mij volgen. Jij, Emily. Wij. Alles wat telt.

Emily, dat was wat hem het meest opviel. 'Je naam', zei hij en Emily knikte.

'Daarom heb ik gebeld. Het is blijkbaar persoonlijk. Ik word er doodsbenauwd van.'

Georgos kneep zijn ogen samen en knikte langzaam. Uit de zak van zijn jack haalde hij een plastic zakje, waar hij alle drie de kaarten in liet glijden. 'Heb je de enveloppen nog?'

Emily schudde haar hoofd. 'Alleen die van vannacht.' Ze overhandigde hem een standaard, witte rechthoek, opengescheurd aan de bovenkant. 'Er viel me iets op aan die laatste kaart', zei ze toen. 'Hier, aan de achterkant, zit volgens mij bloed.'

Georgos draaide het zakje om. De hele kaart leek zowel aan de voor- als aan de achterkant onder de bloedvegen te zitten, maar dat was de illustratie. Automatisch had hij vastgesteld dat hij kennelijk een kunstbarbaar was omdat hij de schoonheid van de tekening niet inzag, maar nu hij beter keek, leek het of Emily gelijk had. De rode vlek achter op de kaart was geen onderdeel van de illustratie.

'Ik stuur deze naar het lab', zei hij. 'Wie hebben de kaarten aangeraakt, behalve jij en ik?'

'Niemand', zei Emily. 'Ik heb ze ook niet aan de rest laten zien.'

'We hebben jouw vingerafdrukken nodig.'

Emily knikte. 'Ik weet waar de kaarten vandaan komen.'

Georgos keek op. 'Hoe bedoel je?'

Emily wees naar een rek links van de receptie. 'Daar worden ze verkocht.'

Automatisch gleed Georgos' blik naar de beveiligingscamera in de hoek. Niet voor het eerst vervloekte hij in gedachten de beveiligingsfirma die het aansluiten ervan al even geleden had moeten regelen. Dat had hun werk zoveel makkelijker gemaakt.

Hij maakte een mentale aantekening dat hij alle receptionistes moest vragen wie er zulke kaarten had gekocht. Aangezien het aantal gasten in het hotel miniem was, zou iemand zich dat misschien wel herinneren. Al was het de vraag of de kaarten daadwerkelijk waren gekocht, of gewoon meegenomen. In de vijftien minuten dat Georgos hier zat, had hij niemand achter de receptie gezien.

'Heb je verder iets vreemds gemerkt?' vroeg Georgos, meer voor de volledigheid dan dat hij een concreet antwoord verwachtte. 'Dingen die je hebt gehoord, mensen die zich opvallend gedragen?'

'Iedereen gedraagt zich hier opvallend', zei Emily met een zucht.

Eenmaal buiten stopte Georgos de kaarten in het bagagevak van zijn scooter. Daarna instrueerde hij de agenten die het resort bewaakten om extra op Emily te letten. Hij keek naar de lucht. De zon was opgekomen en het begon warm te worden. Hij startte de motor en over het ontwakende eiland reed hij naar het politiebureau.

De dag voelde uren oud toen Emily aanschoof bij het ontbijt. In werkelijkheid was het nog maar halfacht en was de groep nergens te bekennen, op Floor na. Emily aarzelde en schoof uiteindelijk aan aan haar tafel.

'Sorry, maar je ziet er beroerd uit.' Vanachter haar schaaltje yoghurt met fruit keek Floor haar onderzoekend aan. Ze had haar vijandigheid laten varen.

'Dank je.' Emily trok een gezicht. 'Slecht geslapen vannacht.'

Floor knikte. 'Het is heftig, hè.' Ze nam nog een hap yoghurt en staarde langs Emily naar iets wat kennelijk achter haar gebeurde. Er waren weer agenten aanwezig, hoewel het leeuwendeel van het onderzoek er zo te zien wel op zat. Het appartement van Antonie was nog niet vrijgegeven. Zijn broer was gisteravond wel in het hotel verschenen, had Emily begrepen. Waar hij nu was, wist ze niet.

'Denk je dat Antonie naar Nederland gaat?' vroeg Floor. 'Ik bedoel: als het lichaam is vrijgegeven?'

Emily haalde haar schouders op. 'Lijkt me wel.'

Floor keek nadenkend. 'Hij is hier vorig jaar in zijn eentje naartoe verhuisd, zonder zijn familie. Ik kan me inderdaad niet voorstellen dat ze hem hier zijn laatste rustplaats willen geven.'

Emily bedacht met enige verwondering dat ze niet eens wist wanneer Antonie was verhuisd. Ze had automatisch aangenomen dat hij bij de opening van het resort zijn intrek erin had genomen, maar dat sloeg natuurlijk nergens op, nu ze erover nadacht.

Ze dacht weer aan de nieuwsberichten. Twee jaar geleden. Een jaar later was hij Nederland ontvlucht. Het verband mocht dan niet officieel te leggen zijn, het was natuurlijk wel de meest logische verklaring.

Floor slaakte een diepe zucht en leunde achterover. 'Ik wou echt dat we naar huis mochten. Waar ik normaal kan dromen van een paar dagen helemaal niets doen behalve aan het zwembad liggen, word ik er nu knettergek van.'

'Ja.' Emily keek haar aan. Ze had ineens heel veel behoefte om met iemand te praten. Misschien – nee, waarschijnlijk – was het geen goed idee om dat te doen met iemand met wie ze nog maar net een wankele vrede had gesloten. Aan de andere kant zou de politie er snel genoeg naar vragen.

Emily haalde diep adem. Ze nam een slok van haar thee en zei toen toch: 'Heb jij ook kaarten gekregen?'

Floor keek verwonderd. 'Van wie?'

'Geen idee.' Emily liet haar beker weer zakken. 'Ik heb drie kaarten gekregen met vage boodschappen erop. Het lijkt iets spiritueels te zijn, ik dacht eerst dat het erbij hoorde.'

Op Floors gezicht was naast verwondering nu ook nieuwsgierigheid verschenen. 'Maar wat staat erop dan?'

'Tja.' Emily trok een gezicht. 'Ik kan er eerlijk gezegd geen touw aan vastknopen. Iets over het lot en het plan en het pad.'

'Hm', zei Floor. 'Zegt me niets.'

Emily stond op om haar beker opnieuw te vullen. Voor Floor nam ze ook thee mee. Toen ze ging zitten, wist geen van tweeën iets te zeggen. Emily had spijt dat ze niet haar eigen tafel had genomen.

Uiteindelijk was het Floor die de stilte verbrak. 'Ik had bijna afgezegd, weet je dat?'

Emily keek op. 'Waarom?'

'Omdat jij ook meeging.'

Ze slikte. Het was het gesprek waarvan ze wist dat het een keer moest komen. 'Dat begrijp ik wel', zei ze, om de angel eruit te halen voor die er goed en wel in gestoken was.

'Ik had zoveel frustratie.' Floor trok met haar mond, maar een glimlach werd het niet.

'Over mij?'

'Over jou, over Wouter, over het hele bedrijf. Misschien nam ik het allemaal iets te persoonlijk.' Ze keek Emily schuin aan. 'Dat is wat mijn psycholoog ervan maakte. Maar waarschijnlijk zeggen psychologen dat altijd.'

De stilte die volgde was ongemakkelijk. 'Hoe gaat het nu?' vroeg Emily uiteindelijk.

'Beter.' Floor knikte en zuchtte tegelijk, waardoor haar adem er in stootjes uit kwam. 'Ik heb ook een spiritueel coach bezocht en dat heeft me goedgedaan. Waar het om draait, is dat ik moet leren mezelf lief te hebben. Zij helpt me daarbij.'

Emily knikte een paar keer. 'Dat klinkt goed.'

'Ik heb mezelf te lang niet op nummer één gezet', zei Floor. 'En daar heb ik verandering in gebracht.'

'Gelukkig.' Emily knikte een paar keer. Ergens kwam de gedachte op dat Floor in haar laatste periode bij *Shine* wel degelijk in staat was geweest zichzelf op één te zetten en zeer serieus te nemen, maar dat zei ze maar niet. In plaats daarvan stond ze op. Voor ze wegliep, aarzelde ze even. Uiteindelijk deed ze haar mond open. 'Voor wat het waard is: het was niet mijn bedoeling dat het zo liep.'

Floor staarde terug. De blik in haar ogen was moeilijk te peilen. Uiteindelijk richtte ze haar aandacht op haar lege yoghurtschaaltje. Ze knikte half.

Emily wachtte even, maar een antwoord kwam er niet.

Op haar kamer voelde de stilte beklemmend. Ze durfde bijna niet te kijken, maar dwong zichzelf uiteindelijk haar blik op de vloer te richten. Er lag niets. Een opgeluchte zucht ontsnapte aan haar mond.

Ze ging op het balkon zitten en klapte haar laptop open. De warme wind vanaf zee bracht de geur van zout met zich mee. Ze surfte naar Google en voerde Antonies naam in als zoekopdracht. Nederlandse websites hadden zijn dood inmiddels opgepikt. Bovenaan prijkte een link naar een artikel op de website van de krant waarvoor Barbara werkte. Ze klikte hem aan, de tekst was ook van Barbara. Haar ogen gleden over de regels. Barbara had met de politie gepraat, zoals het een goede journalist betaamde, en ze had blijkbaar allemaal informatie losgekregen, zoals dat de vindplaats helemaal onder het bloed zat en dat zelfdoding was uitgesloten. Dat laatste verbaasde Emily niet. Inmiddels was in de media ook de link gelegd tussen Antonie en de zaak in Nederland. Toen dat in de groep was besproken, was Emily weggelopen. Ze had niet verteld dat zij die informatie naar de politie had doorgespeeld. Het was ook niet meer belangrijk.

Toen haar telefoon ging, zag ze tot haar verwondering dat het al middag was. Ze had het nummer opgeslagen als 'rechercheur'. 'Ik sta beneden in de lobby', zei hij. 'Kun je naar me toe komen?'

Emily ging ervan uit dat het om de kaarten ging. Ze schoot in haar slippers en liep naar de receptie. Georgos Antoniou zat op dezelfde bank als vanochtend en keek op zijn telefoon. Toen hij haar zag, stopte hij de mobiel in zijn zak. 'Ga zitten', zei hij, toen Emily al bijna zat.

Emily had moeite zijn blik te peilen. 'Is er iets aan de hand?'

Hij keek haar aan. 'We kunnen je alibi op dit moment niet volledig rondmaken.'

Emily voelde vanuit diep in haar onrust opkomen. Als golven die door onzichtbare krachten opkwamen en werden opgestuwd. Ze begreep haar eigen reactie niet. Misschien werd die meer ingegeven door de blik dan door de woorden van de rechercheur. Haar stem klonk vreemd afgeknepen toen ze vroeg: 'Waarom niet?'

'Omdat jouw vriend Nikolai sinds gisteravond zwaargewond in het ziekenhuis ligt.'

Hoofdstuk 10

GEORGOS LEUNDE EEN BEETJE VOOROVER, ZIJN ELLEBOgen steunend op zijn knieën. Emily keek hem aan alsof alle lucht uit de ruimte was gezogen. 'Wat is er gebeurd?' vroeg ze met een stem die vreemd klonk.

'Dat is nog niet duidelijk', zei Georgos naar waarheid. 'Bij het sluiten van de bar is hij aangevallen en nu ligt hij buiten bewustzijn in het ziekenhuis in Samos-Stad.'

'Een overval', zei Emily.

Georgos hield zijn hoofd schuin. 'Hij had een grote hoeveelheid geld bij zich, die niet is meegenomen, dus we gaan vooralsnog uit van een ander motief.'

'Wat voor motief?'

Georgos maakte een beweging met zijn hoofd. 'Dat zijn we nog aan het onderzoeken.'

'Wat verschrikkelijk.' Emily floot tussen haar tanden. 'Was er iemand bij hem?'

'Nee, zijn vriendin was al naar huis gegaan. Toen hij lang na sluitingstijd nog niet thuis was en zij hem niet kon bereiken, is ze gaan kijken.'

Emily huiverde zichtbaar. 'Het moet vreselijk zijn geweest om hem zo aan te treffen.'

'Ja.' Georgos knikte. 'Doordat hij op dit moment niet bij bewustzijn is, kunnen we het alibi niet bij Nikolai checken. Wel hebben we de huur van de auto en het bezoek aan het café geverifieerd.'

Die beide delen van Emily's verklaring bleken te kloppen. Omdat het zo rustig was geweest op het terras, wist de restauranthouder zich zijn gast nog precies te herinneren. Bij het autoverhuurbedrijf had hij het contract gekregen, inclusief het tijdstip van verhuur en Emily's handtekening.

'En nu?' vroeg Emily uiteindelijk. 'Denken jullie dat dit iets met de dood van Antonie te maken heeft?'

Georgos dacht even na over zijn antwoord. 'Wat vreemd is, is dat iemand zo zwaar wordt toegetakeld zonder dat daar enige reden voor lijkt te bestaan', zei hij toen. 'Dat maken we niet vaak mee.' Hij schudde kort met zijn hoofd en verbeterde: 'Nee, dat maken we nooit mee.' Hij keek Emily onderzoekend aan. 'Wat was eigenlijk de reden van het bezoek dat jij aan hem bracht?'

'Een oude vriendschap', antwoordde ze. En toen, omdat ze kennelijk volledig wilde zijn: 'Nikolai en ik hebben iets gehad, toen hij in Amsterdam woonde. Dat is inmiddels meer dan tien jaar geleden. Toen hij terugging naar Samos, zijn we vrienden gebleven, maar door de afstand was dat verwaterd.' Ze dacht even na. 'Toen ik voor mijn werk deze reis kreeg aangeboden, leek het me wel aardig om Nikolai weer eens op te zoeken.'

Werktuigelijk stelde Georgos vragen. In een fase van het onderzoek waarin alles openlag, was het goed om overal aan te twijfelen. Maar zijn instinct zei hem dat hier niet veel te twijfelen was. Hij maakte een stapeltje van zijn papieren. 'We hopen dat we je alibi op korte termijn kunnen natrekken', zei hij, afrondend.

Emily keek hem onzeker aan. 'Word ik ergens van verdacht?'

Hij glimlachte. 'We houden het onderzoek breed. Als er iets is dat van belang zou kunnen zijn, horen we het heel graag.'

Het heetst van de dag zat er al op toen Georgos zijn kantoor binnenstapte, maar daar was binnen niets van te merken. Hij zette de bovenste knoop van zijn overhemd open en belde naar het ziekenhuis, maar kreeg te horen dat Nikolai voorlopig niet aanspreekbaar zou zijn. Georgos hing op en staarde voor zich uit. Met zijn balpen tekende hij kringetjes op zijn blocnote terwijl hij nadacht.

Een connectie tussen de mishandeling van Nikolai en de moord op Antonie voelde vergezocht, maar toch durfde hij het ergens niet uit te sluiten. Op Samos bestond net als op iedere andere plek ter wereld criminaliteit, anders zou hij allang geen werk meer hebben. Maar het was doorgaans een vredelievend eiland. De meeste criminaliteit was klein – een gestolen auto, een winkeldiefstal – of georganiseerd. Dat laatste was een steeds groter wordend probleem, maar aan de oppervlakte was er vaak niet veel van te merken. Een groot drugsnetwerk hield zich niet bezig met het neerslaan van een bareigenaar om een paar euro, laat staan dat zij iemand mishandelden en dan de kans om de achttienhonderd euro die hij bij zich had mee te nemen, gewoon voorbij lieten gaan. Als dit te maken had met georganiseerde misdaad – waarvoor op dit moment geen enkele aanwijzing bestond – dan was het een zeer afwijkende handelswijze. En als Georgos iets had geleerd over misdaadnetwerken, was het dat zij zelden afweken van hun gebruikelijke modus operandi, zoals ze dat in politietermen noemden.

Er moest iets anders zijn. Zijn personeel, zijn vriendin, zijn familie – iedereen sprak met niets dan lof over Nikolai. Als baas was hij goed voor zijn mensen. Veeleisend, ja, maar niet onredelijk. Als vriend was hij lief en trouw, als zoon attent voor zijn ouders. Zijn broer had weliswaar gezegd dat ze de laatste tijd wat minder contact hadden omdat Nikolai al zijn tijd in de bar stak, maar dat was geen reden om iemand in het donker neer te slaan. Zijn ouders leken niet volledig gecharmeerd te zijn van Nikolais vriendin, al ontbrak daarvoor een duidelijke reden. Georgos moest de eerste familie nog tegenkomen waar werkelijk niets aan de hand was en alles wat hij tot nu toe had gehoord, paste binnen de grenzen van het normale.

Behalve dan dat die ideale vriend en zoon nu zwaargewond op de intensive care lag. Precies de dag nadat hij, zonder het zelf te weten, het alibi was geworden van iemand die voorkwam in een ernstige moordzaak.

Een korte klop op de openstaande deur haalde hem uit zijn gedachten. Irina kwam binnen met een dunne map in haar hand. 'Het bloed is van Antonie.' Ze legde de map op het bureau en ging er zelf naast zitten. 'Ik ben er niet uit of dit nu een antwoord oplevert, of alleen maar vragen.'

Georgos wreef over zijn voorhoofd. 'Alleen maar vragen', zei hij toen. 'Zoals: is het bloed expres of per ongeluk op die kaart terechtgekomen?'

'Voor of na de moord?' vulde Irina aan. 'Enveloppen kunnen krengen zijn. Misschien heeft Antonie zich wel gesneden toen hij de kaart in de envelop stopte.'

'Maar wie heeft hem dan bezorgd?'

Irina haalde haar schouders op.

'Vingerafdrukken?' vroeg Georgos.

'Van Emily, verder niet. De kaart was juist opvallend schoon, de envelop ook.'

Georgos knikte. Dat verbaasde hem niet. Voor de conclusie dat de kaarten niet zomaar een attent presentje waren, hoefde je geen rechercheur te zijn. Maar waarom had juist Emily ze ontvangen? Als ze niet tegen hem loog – al wist je dat nooit zeker – had ze voor haar komst naar Griekenland zelfs nog nooit van Antonie gehoord.

'De handschriftanalyse heeft ook weinig opgeleverd', zei Irina. 'Iemand heeft heel erg z'n best gedaan om in een niet-herkenbaar handschrift te schrijven. De analist zei zelfs dat het lijkt alsof de afzender thuis is in handschriftanalyses, zo nauwkeurig was alles wat misschien herleidbaar zou kunnen zijn, weggelaten.'

Georgos trok zijn laptop naar zich toe en googelde. 'Online kan je best wat informatie over zulke analyses vinden', zei hij toen. Hij pakte de map en sloeg die open. Het eerste vel bevatte de uitslag van het bloedonderzoek, het tweede de handschriftanalyse. 'Alsof de letters met een liniaal zijn geschreven', had de analist opgeschreven. Misschien was dat ook wel zo.

Op zijn bureau lagen kopieën van de kaarten, de originelen lagen opgeslagen bij het bewijsmateriaal van de zaak-Antonie Singha. Georgos was er nog niet uit of dat ook de plek was waar ze thuishoorden, maar voor nu leek het logisch. Voor de zoveelste keer las hij de teksten. Hij had vaker zaken meegemaakt waarin boodschappen naar slachtoffers of getuigen werden gestuurd, maar vaak waren die heel duidelijk. Hou je mond, was doorgaans wat er werd bedoeld. Of: we krijgen je nog wel. Meestal wist de ontvanger van de boodschappen precies van wie die afkomstig waren. Regelmatig vond de politie de brieven, mails of appjes pas als de ontvanger het zelf niet meer kon navertellen. Maar weinig mensen die werden bedreigd, gingen naar de politie.

'Ik heb de teksten online opgezocht', zei Irina. 'Ze leveren geen hits op, ook niet als ik delen van de zinnen opzoek. Ik heb Latropis gevraagd om een spiritueel deskundige te zoeken die vaker met de politie heeft samengewerkt. Misschien kan zo iemand meer verklaring geven over deze teksten.'

Georgos knikte. De rechercheur die ze noemde was net nieuw binnen het team en had zichzelf al een paar keer positief op de kaart gezet. 'Laat hem contact opnemen met Athene', zei hij. 'Misschien hebben ze daar namen van deskundigen.'

'Doe ik.' Irina stond op. 'Zie ik je zo?'

Georgos keek haar blanco aan. 'Waar?'

'Petridis. Hij wil horen waar we staan.'

Georgos probeerde niet te laten merken dat hij dat glad was vergeten. 'Natuurlijk', zei hij en negeerde de veelbetekenende grijns van zijn collega. Daarna pakte hij zijn papieren bij elkaar en haastte zich naar het kantoortje van de hoofdinspecteur.

Vijf minuten later draaide Roman Petridis de foto alle kanten op, voor hij hem terugschoof naar zijn inspecteur. 'Ik weet het niet, Georgos. Een M, een E, een hark, het kan van alles zijn.'

Een E. Ergens in Georgos' hoofd kwam een gedachte op. 'Emily.'

'Ja.' Petridis fronste en pakte een ander vel. 'De ontvanger van een kaart met bloed', zei hij, knikkend. 'Maar aan de andere kant: er zijn honderden namen die met een E beginnen. Of met een M. Alleen in de groep zijn al twee namen met een M.'

'En Muriël.' Dat was Irina. Haar stem klonk mat. Bij haar was, net als bij Georgos, de eerste opwinding over de ontdekking allang weggeëbd. Ze wilden zo graag een aanwijzing vinden, of zelfs een link. Maar de waarheid was dat er veel meer verklaringen waren die niet in de richting van Muriël Hoefnagel wezen. Zo was er niemand van haar familie of directe vrienden op het eiland geweest. De patholoog had intussen geopperd dat het geen letter was, maar een manier van de moordenaar om er zeker van te zijn dat Antonie echt dood was. Als de wond in de hals niet voldoende was geweest, zouden de drie diepe sneden het karwei zeker afmaken.

'Emily van Son heeft een alibi voor het tijdstip van de moord, toch?' Petridis keek Georgos aan. Die knikte, terwijl hij tegelijkertijd zijn schouders ophaalde.

'Een getuige die momenteel in coma ligt voor hij het alibi helemaal kon bevestigen, ja. En twee getuigen die zeggen dat ze bij hen is geweest op het tijdstip dat zijzelf ook noemde.'

Petridis kneep zijn ogen samen. In zijn hoofd gingen zijn gedachten rond, kon Georgos zien. Hij wist welke gedachten, omdat hij precies dezelfde had. Als de mishandeling direct gelinkt was aan de bevestiging van het alibi van Emily, wilde iemand kennelijk niet dat Nikolai ofwel zou bevestigen dat Emily bij hem was – wat haar vrijpleitte van betrokkenheid – ofwel zou ontkennen dat ze bij hem was – wat bij de politie juist vragen zou oproepen. De tegengestelde uitkomsten maakten dat de dader in elke hoek gezocht kon worden, als het motief voor de mishandeling al verband hield met het alibi. Het waren te veel *als'*en en mogelijkheden om gegronde conclusies te kunnen trekken. En hoe de kaart met daarop het bloed hierin paste, wist hij al helemaal niet.

'Ik neem aan dat hij nog niet aanspreekbaar is?' zei Petridis en Georgos schudde zijn hoofd.

'Wat nog meer?' Petridis keek het groepje rond.

Andres bladerde door zijn papieren. 'De broer van het slachtoffer, Richard Dijkstra, is inmiddels aangekomen. We hebben hem uitgebreid gesproken, hij heeft verklaard dat Antonie naar zijn weten nooit meer iets van de familie Hoefnagel heeft gehoord.' Hij sloeg een vel om. 'Volgens Richard had Antonie destijds een kortstondige flirt gehad met het slachtoffer, en zijn na de dood van Muriël allerlei mogelijke motieven door de politie onderzocht, voor de zaak werd afgedaan als een ongeluk. Hij is op de hoogte van de frustratie bij de familie van het slachtoffer, maar het lijkt hem sterk dat zij nu ineens naar Griekenland zouden reizen om hem iets aan te doen. Hij sprak zijn broer elke week en heeft niets gemerkt.' Hij keek het groepje rond. 'Verder heeft hij geen idee wie zijn broer wel iets zou willen aandoen en wilde hij toevoegen dat de energie juist goed was. De banen stonden open en hij had vorige week nog zijn meridianen laten helen.'

Georgos haalde diep adem. 'De spiritualiteit zit blijkbaar in de familie.'

Andres grinnikte. 'Ik vind je erg cynisch.'

'Het is anders best een idee.' Irina stak een hand op. 'Als spiritualiteit in de familie zit, en in deze zaak, waarom doen we er dan niets mee?'

Georgos voelde scepsis in golven door zich heen gaan. Hij wilde al op zijn vingers de redenen gaan aftellen waarom ze er niets mee deden, maar Petridis was hem voor. 'Je wil de hulp inroepen van een medium? Ik adviseer je om een dagje op de telefooncentrale te gaan helpen. Het laatste wat ik heb begrepen, is dat er zich al zeven hebben gemeld.'

Georgos kon een glimlach niet onderdrukken. Bij iedere zaak die media-aandacht trok was het vaste prik dat zich helderzienden, mediums en waarzeggers meldden, allen met antwoorden op de vragen waar de politie zich naarstig mee bezighield. De telefonisten waren opgeleid in het vriendelijk doch resoluut afwijzen van dergelijke helpers, die doorgaans geen kwaad in de zin hadden maar echt geloofden dat zij de oplossing helder hadden doorgekregen.

Irina schudde haar hoofd. 'In het hotel werken toch ook mediums en andere spirituele eh... Hoe noem je zoiets? Leiders? Mij lijkt dat Antonie als eigenaar van het hotel ook regelmatig zulke sessies volgde. Hebben we hen al ondervraagd?'

Georgos knikte. 'Ieder personeelslid is verhoord, bijna allemaal zeiden ze hetzelfde. Dat hij een vriendelijke baas was, dat ze graag voor hem werken. Dat ze geschokt zijn.'

'Maar heeft iemand al aan het medium gevraagd wat ze de laatste tijd zoal over hem had doorgekregen?' Irina werd steeds opgewekter bij haar eigen idee. 'Ik weet ook wel dat zoiets geen stand houdt in de rechtbank, maar als het belangrijk was voor Antonie, heeft hij er misschien wel iets mee gedaan. Acties of keuzes die van invloed geweest kunnen zijn op andere mensen. Positief, of negatief.'

Er zat iets in, moest Georgos toegeven. De personeelsleden waren alleen gevraagd naar hun relatie tot Antonie en eventuele problemen.

'Ga je mee?' vroeg Irina en Georgos knikte.

'Het is het proberen waard.'

'O, nog één ding.' Petridis keek hen om beurten aan. 'De Nederlandse media berichten nu steeds meer over wat er is gebeurd. Misschien niet zo vreemd als je een groep journalisten in het hotel hebt zitten.' Hij schoof een aantal geprinte artikelen over de tafel naar Georgos toe. 'Vraag iemand om ze te vertalen. Wie weet levert het nieuwe informatie op.'

Georgos maakte een stapeltje van de papieren en dropte die even later op het bureau van een van de jongere rechercheurs. Daarna volgde hij Irina naar buiten.

Hoofdstuk 11

DE WIEROOK DEED ZIJN OGEN PRIKKEN. GEORGOS HOESTTE een paar keer, maar het spul leek zich onmiddellijk aan de binnenkant van zijn keel te hechten. Ook al lag alles in het hotel stil, de vrouw die zich met een onuitspreekbare naam had voorgesteld, leek daarvan niet op de hoogte te zijn.

Ze heette eigenlijk Mariam Karakas, had Georgos in het personeelsbestand gezien, maar zo noemde ze zichzelf niet meer. De reden daarvoor had ze net vrij uitgebreid aan Irina verteld, het had iets te maken met haar spirituele identiteit die zich op een bepaald moment aan haar had geopenbaard. Irina knikte begrijpend, iets naar voren geleund, alsof ze alle informatie in zich opzoog. Sowieso was zij hier veel beter in dan hij.

‘Weet u waarom we hier zijn?’ vroeg Georgos. Hij wilde ter zake komen. Anders zaten ze hier de hele middag.

‘Ja.’ De vrouw knikte. Een lok van haar lange grijze haar, losjes samengebonden in een paardenstaart, viel voor haar ogen. Ze nam niet de moeite hem weg te vegen, zodat ze nu nog maar met één oog naar hem keek. ‘De dood van onze geest Singha.’

Het klonk eng als ze het zo zei, vond Georgos, maar hij knikte. ‘Mijn collega’s hebben al eerder een gesprek met u gehad, klopt dat?’

De vrouw knikte opnieuw. Het leek een beweging te zijn waar ze veel aandacht aan besteedde. Haar hoofd bewoog kalm, nadenkend. Als op het ritme van een zeer langzaam muziekstuk.

‘Zij hebben u gevraagd wanneer u meneer Singha voor het laatst hebt gezien en waar u was op het moment dat hij werd vermoord.’ Hij liet een pauze vallen, maar de vrouw reageerde niet. In plaats daarvan keek ze hem aan, haar mond licht geopend, haar ogen zo donker dat ze bijna zwart leken. ‘Maar daarvoor zijn wij vandaag niet hier’, ging Georgos verder. ‘Vandaag willen we het over iets anders hebben.’

Irina nam het van hem over. Automatisch had ze de rol van begrijpende gesprekspartner aangenomen. Ze was tegenover Mariam gaan zitten en keek haar bemoedigend aan. ‘We hebben begrepen dat u veel van uw wijsheid met meneer Singha heeft gedeeld. En dat hij daar heel veel aan heeft gehad.’

Hadden ze dat begrepen? Georgos wist het niet. Hij deed een stap achteruit en wachtte af.

'Om verder te komen in ons onderzoek, hebben wij die wijsheid ook nodig', ging Irina verder. 'We denken dat we daar misschien aanwijzingen in kunnen vinden.'

'Hij verdiende dit niet', zei Mariam, haar zwarte ogen vol tranen. 'Hij was een goede ziel.'

'Wij doen er alles aan om degene die dit op zijn geweten heeft, te vinden.' Irina keek de vrouw aan. 'Maar dat kunnen we niet alleen. We moeten weten wat er speelde in zijn leven, waar hij mee bezig was.'

Mariam knikte. 'Zijn ziel was op een goede plek aangekomen.'

Georgos moest op zijn lip bijten om niets te zeggen. Irina zat te knikken. 'Wat bedoelt u daarmee?'

'Dat het goed was.'

'Wat?'

'Wat hij hier deed. De weg ernaartoe.'

'Oké.' Irina bleef maar knikken. 'Dat is goed. Dat is mooi.' Ze zweeg even. De vrouw tegenover haar deed hetzelfde. 'Ging het ook goed met hem?' vroeg de rechercheur toen.

'Ik kon zijn ziel elke keer goed vangen. Dat betekent dat er rust is.'

Georgos haalde een pepermuntje uit zijn zak. Het was een gewoonte die hij had overgehouden aan de tijd dat hij nog rookte. Als hij zich onrustig voelde, moest hij iets in zijn mond stoppen.

Irina ging gestaag verder. Hij bewonderde haar geduld. 'Was er iets in zijn leven waarmee hij worstelde?'

'Iedereen worstelt.'

'Iets concreets, bedoel ik. Het hotel, de liefde, wat dan ook.'

'Het hotel was een enorme stap voor hem. Hij vond het spannend.' De vrouw ging verzitten en staarde een tijdje nadenkend voor zich uit. 'Hij dacht zelf dat dit misschien altijd de bedoeling is geweest.'

'Wat?'

'Het hotel. Dat het de reden was dat zijn ziel naar de aarde is gekomen. Ik kreeg ook door dat hij daar gelijk in had.'

'Dus hij was gelukkig?'

'Dat is een aards etiket.'

Irina kneep haar ogen samen.

'Wat waren zijn vragen?' nam Georgos het over.

'O...' Mariam richtte haar blik op de brandende kaars voor haar. 'Zoveel. Iedereen heeft heel veel vragen.'

'Noem eens wat.'

'Voornamelijk vragen over zijn vorige levens.'

Georgos deed zijn mond open, maar sloot hem weer.

'Stelde hij ook vragen over de toekomst?' vroeg Irina.

'O ja.' Er gleed een glimlach over het gezicht van de vrouw. 'Hij keek erg uit naar zijn volgende leven. Zijn ziel was zo gegroeid hier, hij had echt het gevoel dat hij in een volgend lichaam zoveel meer kon dan nu.'

'Aha.' Irina knikte en deed haar best om dat begrijpend te doen, zag Georgos.

Mariam dacht even na. 'Ik heb hem gezegd dat de basis gelegd was. En vanaf hier zou hij blijven groeien, precies volgens het plan. Zijn vader zag dat ook.'

'Zijn vader?' vroeg Irina.

'Die is overgegaan.'

Georgos ging ervan uit dat dat hetzelfde was als overleden. Irina knikte een paar keer. 'Was dat belangrijk voor hem, wat zijn vader vond?'

Mariam zoog lucht naar binnen via haar neus. 'Hij vroeg mij daar soms naar. En dan stemde ik af op zijn vader.' Ze keek Irina aan, haar hoofd schuin. 'Dat is wat ik doe. Ik stem af op iemands energie en dan krijg ik antwoorden door.'

'Van een overledene?'

'Van een energie. Of een ziel. Dat kan hier zijn of aan gene zijde.'

Georgos haalde diep adem. Hij had weinig op met deze materie, al kende hij diverse mensen die regelmatig een medium bezochten en daar antwoorden kregen op vragen waarmee ze worstelden. Ik ben een cynisch wrak, had hij laatst opgewekt verzucht toen iemand probeerde hem over te halen het ook eens te proberen.

Nu kreeg hij een ingeving. 'Wat zegt hij op dit moment?' bemoeide hij zich met het gesprek. 'Antonie, bedoel ik. Wat zegt hij over zijn eigen dood?'

De vraag kwam hem op een bestraffende blik van het medium te staan. 'Het is een proces, geen telefoon', zei ze en het was duidelijk dat ze probeerde de snibbigheid in haar stem nog enigszins te beperken. 'Bovendien laat een ziel zijn aardse leven achter zich. Herinneringen verdwijnen, wat blijft zijn de connectie en de energie.'

'Maar een ziel weet toch wel hoe hij is gestorven?' vroeg Georgos.

'Een ziel sterft nooit.'

Georgos dwong zichzelf om zorgvuldiger te formuleren. 'Een ziel weet toch wel hoe het lichaam is gestorven?'

'Het gaat om het waarom, niet om het hoe.'

'Ook goed.' Georgos stak zijn handen op. 'Naar het waarom van Antonies dood zijn we ook erg benieuwd.'

Er viel een stilte. Mariam sloot haar ogen. Georgos had inmiddels de overtuiging opgedaan dat de wierook nooit meer uit zijn neus zou verdwijnen.

'Ik kan hem niet bereiken', zei het medium uiteindelijk. 'Zijn overgang is nog maar zo kort geleden. Hij moet nog zoeken in de nieuwe wereld en daarna kunnen we misschien een verbinding maken.'

'Hoelang duurt dat?'

'Soms een maand, soms een jaar. Soms meerdere levens.'

Georgos staarde uit het raam. Het gesprek gaf hem jeuk op een plek waar hij niet bij kon. Irina zei niets meer. Georgos besloot het over een andere boeg te gooien. 'Is de letter M belangrijk voor Antonie?' Vrijwel meteen herstelde hij zichzelf. 'Voor de ziel van Antonie?'

Mariam schudde verwonderd haar hoofd. 'Niet bijzonder, denk ik.'

'En de letter E?'

'Niet dat ik weet.'

Georgos haalde een vel papier uit zijn zak. 'Ik heb hier een aantal zinnen die mogelijk belangrijk kunnen zijn. Ik begrijp niet wat er wordt bedoeld, maar ik ben dan ook…' Hij zocht even naar de juiste formulering, maar gooide toen de zin om. 'Ik ben niet zo thuis in deze wereld als u. We hopen dat u misschien weet wat hier wordt bedoeld.'

Hij legde het papier voor de vrouw op tafel. Ze begon te lezen, Georgos monsterde haar gezichtsuitdrukking. Als hij al had gedacht dat er een kwartje zou vallen, kwam hij bedrogen uit. 'Is dit van Antonie?' vroeg ze.

Georgos wilde haar zo min mogelijk informatie geven. 'We weten niet wie de afzender is.'

Mariam las de zinnen opnieuw. Georgos kon ze inmiddels wel dromen. *Dat wij elkaar hier tegenkomen, is geen toeval...*

'Nee.' De vrouw schoof het papier van zich af. 'Dit komt me niet bekend voor.'

'Hou het maar', zei Georgos. 'Misschien schiet u nog iets te binnen.'

Onderweg naar het bureau verbeet hij zijn frustratie. Het spoor begon langzaam af te koelen. Er waren duizend vragen, veel minder antwoorden en nog eens minder mensen die ook maar enig licht op de zaak konden werpen.

Op het bureau kwam een jonge rechercheur naar hem toe. Ze overhandigde hem een stapeltje papier. 'De vertalingen waar u om vroeg.'

Georgos legde de printjes op zijn bureau. 'We zien iets over het hoofd', zei hij tegen Irina. 'Een schakel die we nog niet in beeld hebben. De sleutel daartoe moet ergens in dat hotel liggen.'

Irina staarde hem aan, één wenkbrauw opgetrokken. 'Nog een idee hoe we die gaan vinden, inspecteur?'

Georgos zuchtte. 'In elk geval niet via het medium.'

'Toch snap ik echt wel dat mensen hierin geloven. Wat ze zegt, kan niet helemaal níet waar zijn.'

'Begin jij nu ook al?' vroeg Georgos.

'Het is als een horoscoop. Je hoort er altijd wel iets in dat je op jezelf kan betrekken.'

'Als het echt zo was dat zij met overledenen kon praten, waren we bij moordzaken allang werkloos.'

Irina keek hem plagend aan. 'Het is een proces, hè. Geen telefoon.' Daarna liep ze grinnikend zijn kantoor uit. Georgos liet zich achteroverzakken in zijn stoel en bedekte zijn gezicht met zijn handen.

De vrouw achter de balie keek haar spijtig aan. 'Ik kan u alleen vertellen dat hij momenteel in slaap wordt gehouden. Voor meer informatie zult u...'

Emily knikte. Ze wist al hoe de zin zou eindigen. 'Zult u contact moeten opnemen met de familie.'

Het was logisch, maar ze ging het niet doen. Niet nu, in wat een moeilijke periode voor hen moest zijn. Ze bedankte de vrouw achter de balie en liep weg, zonder duidelijk doel. Even keek ze naar de trap. Ze wist eigenlijk niet waar de intensive care was. Het deed er ook niet toe. Vlak voor haar was een klein ziekenhuisrestaurant, waar ze naartoe liep.

Ze wist eigenlijk niet waar ze op had gehoopt. In een opwelling was ze naar het ziekenhuis gegaan. Ze wilde weten hoe het met Nikolai was, de telefoon in de bar werd niet opgenomen – logisch ook, misschien had Monika de zaak wel tijdelijk gesloten – en bij de politie kwam ze ook niet veel verder. Ze wilde niet terug naar het hotel, maar jammer genoeg had ze haar huurauto inmiddels weer ingeleverd.

Op Google Maps had ze het ziekenhuis opgezocht en dat bleek op loopafstand van het politiebureau te liggen. Met ferme passen was ze erheen gelopen, blij met een doel.

En nu haalde ze een kop koffie in het kleine restaurantje – het was meer een soort kantine – terwijl een onbestemd gevoel haar niet losliet. Wanneer de bedompte lucht in het ziekenhuis te verkiezen was boven de zon die boven Samos-Stad scheen, was er iets mis. Die gedachte ging uitgebreid rond in Emily's hoofd, terwijl ze lange tijd bleef zitten aan een tafeltje in de hoek.

Er was natuurlijk ook van alles mis. Het beeld dat ze zichzelf had gevormd van Nikolai, bleek in een ziekenhuisbed, zijn ogen gesloten, apparaten om hem heen die zacht piepten. Ze wist niet of het er zo uitzag, ze was niet naar zijn kamer gegaan. Dat was een plek voor zijn familie, niet voor een buitenstaander als zij.

Er was nog meer mis. Het gevoel dat haar maar niet losliet. Het gevoel dat zij hier iets mee te maken had.

Rationeel gezien sloeg het nergens op. Nikolai woonde hier al jaren, had een groot sociaal leven en een nog groter netwerk. Het was mogelijk dat hij ooit iemand voor het hoofd had gestoten. Iemand die hem een of ander conflict betaald wilde zetten. En als dat niet ten grondslag lag aan de mishandeling, was er de mogelijkheid dat de dader op de dagomzet uit was geweest. De reden dat de grote hoeveelheid geld Nikolai niet afhandig was gemaakt, kon zijn dat de dader was gevlucht omdat hij werd gestoord tijdens zijn actie. Het waren allemaal verklaringen die – hoewel niet erg concreet – meer hout sneden dan iets wat op niets dan haar eigen gevoel was gestoeld.

En toch liet het haar niet los. Zara, Antonie, Nikolai – Emily wilde niet zo naïef zijn om het allemaal op toeval af te schuiven. De beangstigende gedachte dat sinds haar aankomst op Samos het ene na het andere slachtoffer viel, maakte haar gek. Zij was niet de enige connectie tussen Zara en Antonie, er waren immers nog meer leden van hun groep. Maar zij was wel de enige die Nikolai verbond met hun zaken. Het verschil was dat hij nog leefde, maar de rechercheur had zelf gezegd dat Nikolai geluk had gehad dat hij het had overleefd. Vooralsnog.

Emily draaide haar inmiddels lege glas rond. Haar gedachten leken een ouderwetse knikkerbaan, waar elke keer weer een nieuwe knikker in werd gegooid. Maar hoeveel verschillende knikkers ze er ook in gooide, ze belandden onmiddellijk in dezelfde, ingesleten baan. Zonder ook maar een idee van haar eigen rol hierin, moest ze onder ogen zien dat ze blijkbaar een verbinding vormde tussen de zaken.

Maar hoe dan? Weer rolde er een knikker naar beneden over de baan die haar gedachten de afgelopen uren al voortdurend hadden afgelegd. Ze kwam er gewoon niet uit. Wat verbond haar met Antonie? Met Zara? Voor de persreis had ze hen nog nooit ontmoet. En hoe ze ook nadacht en puzzelde, ze kon geen enkele verklaring vinden waarbij de persreis een logische reden was om Antonie en

Zara te vermoorden. Er was gewoonweg niets aan de hand geweest. Niet met hen, niet tussen hen en niet tussen haar en Antonie en haar en Zara.

Laat staan dat er ook maar één verbindende schakel met Nikolai bestond. Wat had Nikolai nu helemaal te vertellen gehad? Dat zij bij hem was geweest en dat haar verhaal over haar gangen op het moment dat Antonie werd vermoord, dus klopte. Maar waarom werd hij dan wel in elkaar geslagen en de ober van het andere restaurant niet? Of de autoverhuurder? En wat zou zijn zwijgen kunnen opleveren? Ze werd vrijwel meteen na haar vertrek bij de bar door Marjolein gebeld. Antonie moest dus al dood zijn geweest op het moment dat zij met Nikolai praatte. Hij had het niet met zoveel woorden gezegd, maar ze wist dat die ene rechercheur ook zo redeneerde. De verklaring van Nikolai om haar alibi rond te maken leek vooral een formaliteit, geen sleutel.

Emily keek naar de counter van het zelfbedieningsrestaurant, waar twee families uitgebreid stonden te dubben welke sandwich ze zouden nemen. Het was hier een komen en gaan van mensen, het personeel had haar al een paar keer verwonderd aangekeken. En toch bleef ze zitten. Het was niet zo dat ze ergens anders werd verwacht. In het hotel werd ze ook gek van het wachten.

Ze richtte haar blik weer op de deur. Een oudere man hielp zijn vrouw met lopen. Een moeder met een huilende baby in haar armen probeerde haar handen te ontsmetten, wat niet goed lukte. Emily knipperde een paar keer. En toen ineens zag ze het.

Haar hart miste een slag, en toen nog een. Ze probeerde het beeld dat ze zag te plaatsen, maar dat lukte niet. Ze wist ook niet of de vrouw van buiten of vanuit het ziekenhuis was gekomen, ineens stond ze er. Om zich heen kijkend. Geen duidelijk doel. Emily stond op en liep in haar richting.

'Floor?' zei ze, toen ze haar dicht genoeg was genaderd.

'Huh?' Floor staarde haar aan, lichte schok op haar gezicht. 'Emily? Wat doe jij hier nou?'

'Dat wilde ik net aan jou vragen.'

'O, ik eh...' Floor maakte een handgebaar naar niets in het bijzonder. 'Ik kwam antibiotica halen.' Ze glimlachte. 'Blaasontsteking, heel vervelend. Maar gelukkig kreeg ik heel makkelijk medicijnen mee van de arts.'

Emily keek naar Floors handen, die leeg waren. Ze had wel een tas bij zich. 'Gelukkig', zei ze, knikkend. 'Heb je er veel last van?'

'Ja.' Floor trok een gezicht. 'Ik heb vannacht amper geslapen. Maar wat doe jij hier eigenlijk?'

Emily aarzelde even. Een bizarre gedachte kwam bij haar op. Ze verdrong hem en riep zichzelf in gedachten tot de orde. Nu geen spoken gaan zien. Het idee dat Floor voor Nikolai kwam, was te bizar voor woorden.

'O, wacht.' Floor keek haar meelevend aan. 'Jouw vriend ligt hier natuurlijk. Die man die in elkaar is geslagen.'

'Ja.' Emily keek verwonderd. 'Hoe weet je dat?'

'Ze hadden het erover in de groep. Dat jij bij hem was op de dag dat Antonie werd vermoord en dat hij nu zelf zwaargewond in het ziekenhuis ligt.'

Emily knikte. Ze dacht dat rechercheur Antoniou dat alleen aan haar had verteld, maar blijkbaar was iedereen nu op de hoogte. 'Ik weet eigenlijk niet wat ik kwam doen.' Ze zweeg even.

'Bizar, toch', zei Floor. 'Ik dacht dat er op zo'n klein eiland nooit iets gebeurde, maar het is nu wel de hele tijd raak. Het was een overval, toch?'

Blijkbaar had de rechercheur niet alles verteld. Emily maakte een beweging met haar hoofd die van alles kon beteken. 'Er is nog veel onduidelijk.'

Floor klopte op haar tas. 'Ik heb waarvoor ik kwam. Blijf je nog hier of kan ik je een lift aanbieden?'

'Een taxi delen, bedoel je?'

Floor schudde haar hoofd. 'Ik heb voor vandaag een auto gehuurd, een luxe die ik mezelf uit zelfmedelijden heb gegund. Ik voelde me zo beroerd dat ik er niet op zat te wachten in te stappen bij een chauffeur met doodsverachting.'

Ondanks de hele situatie grinnikte Emily. 'Als je het mij vraagt, hebben we wel even genoeg doden gehad.'

'Kom', grijnsde Floor. 'Ik sta voor de deur geparkeerd.'

'Nog goed nieuws?' Andres Vlahors stak zijn hoofd om de hoek van de deur.

Georgos Antoniou trok met zijn mond. 'Dat de airconditioning is gemaakt?'

Andres trok zijn wenkbrauwen op. 'Ik hoor het al', zei hij en draaide zich grinnikend om. Georgos keek zijn collega na. Hij wilde dat hij een ander antwoord had gehad. Al voelde zijn kantoor momenteel weldadig koel.

Het liep tegen zevenen en de recherche-afdeling begon langzaam leeg te lopen. Georgos had het afgeleerd er iets van te vinden dat zijn collega's op een bepaald moment naar huis gingen. Natuurlijk deden ze dat. Het was een voorbeeld dat hij wellicht wat vaker zou moeten volgen. Hij keek op zijn telefoon. Geen berichten. Daarna richtte hij zijn blik weer op het scherm van zijn laptop. Daarop waren verslagen te zien van onderzoekslijnen die zijn collega's hadden gevolgd. De ene na de andere liep dood. Geen connectie met de familie of vrienden van Muriël Hoefnagel, geen grote conflicten binnen de toerismesector op het eiland, geen vreemde e-mails, berichten of financiële transacties, geen rancuneuze ex-vriendinnen. Twee rechercheurs waren opnieuw aan de slag gegaan met de dood van Zara Ayanipa, een zaak die al zo goed als gesloten was. Het enige wat nog had moeten gebeuren, was de conclusie dat het een ongeluk was, formeel maken in samenspraak met de officier van justitie en daarna communiceren. Het lichaam was zelfs al vrijgegeven en was onderweg naar Nederland. Niet dat dat uitmaakte, de patholoog had toch geen bijzonderheden gevonden.

En niet alleen de patholoog, had hij bij de laatste update begrepen. Het blazoen van Zara was al net zo schoon als dat van Antonie. Frustrerend genoeg was dat ook meteen het enige wat de twee zaken met elkaar verbond, behalve het verblijf van Zara in Antonies hotel. Georgos begon zich steeds meer een hond te voelen die verwoed aan het jagen was op niets anders dan zijn eigen staart. Nog een kwestie van een of twee dagen, dan zouden ze de groep journalisten – hun belangrijkste getuigen – naar huis moeten laten gaan.

Hij liet zijn laptop voor wat het was en trok een stapel papier naar zich toe. Het waren de vertalingen van nieuwsartikelen over de beide zaken, een idee van Petridis. Dezelfde jonge rechercheur die ze had vertaald, had ze ook al uitgebreid gelezen en geanalyseerd. Naar haar mening waren er geen bijzonderheden uit gekomen. Georgos tikte nadenkend met zijn vinger op het pak papier. Hij kon kiezen: of een goede film en een afhaalmaaltijd op de bank, of de rest van de avond besteden aan het lezen van dingen die hij allang wist. Even sloot hij zijn ogen. Hoewel alles in hem naar het eerste neigde, pakte hij een pen en nam het bovenste papier van de stapel. Controlfreak, was hem al vaak verweten. Misschien moest hij leren loslaten. Maar niet vanavond.

De artikelen bevatten grotendeels dezelfde informatie, afkomstig uit de persverklaringen van de politie. In de lokale media waren her en der bronnen opgevoerd, voornamelijk mensen die iets zeiden over de nieuwkomer binnen het toerisme op het eiland. Weinig omvattende woorden, louter positief. De broer van Antonie was gebeld door een journalist en had namens de familie laten weten dat ze geschokt waren en dat ze niet begrepen wie Antonie iets zou willen aandoen. Georgos haalde koffie en vond een sandwich met zijn naam erop in de gedeelde koelkast. Hij ging aan zijn bureau liggen en las verder. Bovenaan het van internet geprinte artikel stond het logo van de krant. Het artikel was geschreven door Barbara de Vrieze. Voor de krant moest het een prachtige toevalstreffer zijn, bedacht Georgos met enig cynisme, dat een van je journalisten op de eerste rij bij zo'n ernstige zaak belandde.

Barbara had haar werk grondig gedaan. Ze beschreef nauwgezet de dag van de moord en de omstandigheden waaronder Antonie was gevonden. Ook linkte ze de dood van Zara Ayanipa aan die van Antonie Singha, ook al was daarvoor nog geen onomstotelijk bewijs gevonden. Natuurlijk was de connectie met de oude zaak in Nederland inmiddels ook groot in het nieuws. Het artikel eindigde met de ongemakkelijke mededeling dat de politie nog in het duister tastte wat betreft de dader van de moord, en bovendien niet wilde ingaan op de details rond de zaak.

Georgos las het artikel opnieuw. En daarna nog een keer. Het was alsof ergens in zijn achterhoofd een rood lampje was gaan branden, maar hij wist niet waarom. Woord voor woord nam hij de tekst in zich op. De informatie klopte, dat was het probleem niet. Het was feitelijk opgeschreven, geen analyses, geen mening. En toch had hij het gevoel dat er iets in stond dat...

Ineens zag hij het. *Het mes, dat afkomstig is uit de keuken van het hotel, werd op de plek van de moord gevonden.* Een bijzin, niet eens erg opvallend. Dat het moordwapen op de plaats delict was gevonden, hadden ze bekendgemaakt. Dat het moordwapen een mes uit de keuken van het hotel was, niet.

'Daderinformatie', mompelde hij zacht.

Hij vouwde het papier in vieren, stopte het in de zak van

zijn jack en liep met vlugge passen het donkere politiebureau uit.

Iets meer dan een halfuur later zat hij in een lege hotelbar tegenover Barbara de Vrieze, die niet van plan leek zich gewonnen te geven. Rechte rug, afwijzende blik, haar handen voor zich op tafel. 'Als journalist bescherm ik mijn bronnen.'

Georgos moest zijn best doen om niet uit zijn slof te schieten. 'In dat geval belemmer je een moordonderzoek', zei hij, hoewel hij wist dat een journalist recht had op dergelijke bronbescherming.

Barbara staarde hem aan. 'Wij weten allebei dat het zo niet werkt.'

'Als iemand beschikt over daderinformatie, moet de politie dat weten.' Hij staarde terug, geen van beiden sloeg de blik neer.

'Jullie vertellen bijna niets', zei Barbara toen. 'Ik moet wel mijn eigen onderzoek doen. Het enige wat jullie persvoorlichter lijkt te kunnen zeggen is: in het kader van het lopende onderzoek kunnen we daarover geen uitspraken doen.' Ze snoof even. 'Het is aan mij als journalist om dan op zoek te gaan naar andere bronnen en dat heb ik gedaan.'

Georgos haalde diep adem. Hij besloot het over een andere boeg te gooien. 'Luister, ik begrijp dat het jouw taak is om verslag uit te brengen van wat er is gebeurd, zoals het mijn taak is om de zaak op te lossen. Als jij je bron wil beschermen is dat je goed recht, maar ik vraag je om het nog eens te heroverwegen.' Hij ging niet smeken, zo zat hij niet in elkaar. Uit zijn zak haalde hij een doosje pepermunt en hij bood Barbara er eentje aan. Ze bedankte en hij stopte er een in zijn eigen mond. 'Je hoeft het niet voor niets te doen', zei hij toen. 'Er is meer informatie die niet naar buiten is gebracht. Ik beloof je een scoop.' Er was genoeg, hij moest alleen bepalen wat het minst schadelijk was voor het onderzoek.

Haar interesse was gewekt, ook al deed ze haar best om dat te verbergen. 'Ik wil zeker weten dat het spoor van informatie niet naar mij leidt. Het laatste waarop ik zit te wachten, is problemen met een bron.'

'Bij deze', knikte Georgos.

Ze keek hem nadenkend aan. 'Ik geloof dat ik het van een van je collega's heb gehoord.'

'Een van mijn collega's', herhaalde Georgos. Het was geen vraag, maar toch knikte Barbara.

'Ja, volgens mij wel.' Ze haalde een hand door haar haar, hij bleef steken in de krullen. 'Of anders van iemand uit de groep, dat zou ook kunnen.'

Hij twijfelde of ze het echt niet meer wist of haar twijfel speelde. 'Heb je het ergens gecheckt?'

'Die informatie? Ik heb het gevraagd aan de persvoorlichter, maar die wilde het niet bevestigen. Toch heb ik het in het artikel gezet. Als een journalist echt alleen maar door persvoorlichters bevestigde informatie zou kunnen gebruiken, zou de krant een stuk dunner zijn.'

Georgos zag het probleem daarvan niet, maar hield dat voor zich.

'Klopt het niet, dan?' vroeg Barbara.

'Jawel', zei Georgos. De informatie nog langer beschermen zou een zinloos toneelstukje zijn. 'Het is voor ons alleen belangrijk te weten wie hiervan op de hoogte was.'

Barbara knikte een paar keer. Ze leek een beslissing te nemen. 'Oké.' Ze keek om zich heen, ook al was er al een tijdje niemand meer in de bar. 'Ik heb nog nooit een bron bekendgemaakt en ik doe het alleen maar omdat ik... nou ja, vanwege deze zaak. Ik mocht Antonie en ik hoop dat de dader wordt gepakt.'

Georgos knikte een paar keer. 'Dat waardeer ik.'

Barbara rommelde in haar tas en diepte er een zwart opschrijfboekje uit op. 'Volgens mij heb ik het opgeschreven.'

Georgos monsterde haar terwijl ze door het dunne boekje bladerde. Het lekken van informatie naar journalisten gebeurde aan de lopende band en er waren legio redenen voor. Soms een tactisch spel, soms onvrede bij een rechercheur over de voortgang van het onderzoek, soms gebrek aan gezond verstand. Het zou hem moeite kosten om de lekkende rechercheur hier niet op aan te spreken, maar een belofte breken deed hij nooit.

'Ah, hier heb ik het', zei Barbara. Ze las fronsend haar eigen aantekeningen. 'O, ik heb het niet van een rechercheur. Ik heb de informatie van Arjan gekregen en hij had het op zijn beurt weer van de recherche. Ik weet niet welke rechercheur hem dat heeft verteld, dat zei hij er niet bij.'

Arjan. Georgos probeerde zich een gezicht voor de geest te halen. 'Ik kan hem wel even bellen?' bood Barbara aan, ineens een en al medewerking. 'Volgens mij is hij op zijn kamer, hij wilde vroeg naar bed, want hij voelde zich niet goed.'

Georgos keek naar de klok. Bijna halfelf. 'Het komt morgen wel', zei hij en stond op.

'Mijn scoop', zei Barbara.

Georgos knipperde even. 'De dader heeft een letter achtergelaten op het lichaam van Antonie Singha. We onderzoeken momenteel of die letter te maken heeft met de identiteit van de afzender of dat het een waarschuwing is aan het adres van het volgende slachtoffer.'

Ze schrok, dat zag hij. Hij knikte haar toe. 'Fijne avond nog.'

Hoofdstuk 12

HET NIEUWS STOND BOVENAAN. BIJ HET ONTWAKEN had Emily uit gewoonte haar telefoon gepakt. Nu was ze in één klap klaarwakker.

Politie verwacht mogelijk nieuw slachtoffer in moordzaak Samos

Het artikel stond in de app van Barbara's krant en was uiteraard geschreven door Barbara. Terwijl ze las, had Emily het gevoel dat haar keel langzaam werd dichtgeknepen. In het artikel werd een anonieme bron opgevoerd, die wist te vertellen dat op het lichaam van Antonie een aanwijzing in de vorm van een letter was gevonden die mogelijk betekende dat er een nieuw slachtoffer te verwachten viel. De andere optie was dat het een boodschap van de afzender was. Emily had moeite te geloven dat de politie zomaar naar Barbara had gebeld met deze update.

Ze stapte onder de douche, kleedde zich aan en liep naar het ontbijt, en al die tijd liet de beklemming die over haar was gekomen, haar niet los.

In de ontbijtzaal stonden verpakte broodjes, fruit en yoghurt klaar. In de keuken werd gewoon doorgewerkt. De broer van Antonie had voor dit moment de leiding van het hotel op zich genomen, al was de toekomst uiterst onzeker. Er zou een koper gevonden moeten worden, had Emily begrepen. Anders zouden de deuren binnenkort moeten sluiten, zo snel na de opening.

Er waren al wat andere leden van de groep, inclusief Laura. Hoe meer tijd er verstreek, hoe onzichtbaarder zij werd, bedacht Emily. Nu zat ze in een hoek van de ruimte en volgde de discussie tussen Barbara en een aantal anderen. Vooral Arjan leek zich behoorlijk op te winden.

'Waarom heeft de politie dat niet aan ons verteld?' vroeg hij. Zijn stem was ongewoon hard voor zijn doen. 'Het is te bizar voor woorden dat ze het alleen tegen jou hebben gezegd.'

Barbara schudde haar hoofd. 'Het is geen officiële politie-informatie. Ik denk dat ze ook niet blij zijn dat het nu in het nieuws is, maar ik vind dat mensen recht hebben om te weten wat er echt speelt.'

Emily staarde naar Barbara. Hoewel ze eerder had gezegd dat ze het nieuwsjagen niet miste nu ze niet meer op de binnenlandredactie werkte, leek haar oude rol haar nog prima te passen. Er was iets over haar gekomen dat er eerst niet was geweest. Sensatiezucht, misschien wel.

'Hoe kom je dan wel aan die informatie?' vroeg Marjolein.

Barbara haalde kort haar schouders op. 'Journalistiek onderzoek', zei ze, en ze richtte haar aandacht op haar brood. Emily wist niet zo goed wat ze moest zeggen. De saamhorigheid in de groep begon in rap tempo te verdwijnen.

'Je had het toch wel eerst aan ons kunnen vertellen?' vroeg Arjan. Mattheus, die naast hem zat, knikte instemmend. 'Ik ben me kapotgeschrokken.'

Barbara haalde kort haar schouders op. 'Ik kreeg deze informatie gisteravond laat door van een bron en besloot meteen een nieuwsbericht te maken. Hoe eerder dit naar buiten komt, hoe beter.'

Emily pakte een bakje met yoghurt en wat fruit. Ze zei niets. Het doel dat Barbara blijkbaar zo sterk voor ogen had, ontging haar volledig.

Ze nam haar ontbijt mee naar de tuin, waar de zon alweer aan kracht begon te winnen. Cynthia belde. 'Creepy', zei ze. 'Kom alsjeblieft naar huis, Em. Voor jij dat nieuwe slachtoffer bent.'

'Hou op', zei Emily huiverend.

'Het is waar.' Cynthia's stem verraadde haar angst. 'Om jou heen worden allemaal mensen vermoord of in elkaar geslagen.'

Emily dacht even na. 'Ik heb het idee dat het politieonderzoek een beetje vastzit. Ze kunnen niet verwachten dat wij nog lang op het eiland blijven.'

‘Boek gewoon een vlucht voor vandaag’, zei Cynthia. ‘Je staat toch niet onder arrest? Dan kunnen ze je inderdaad niet daar houden en ben je dus ook nu al vrij om te gaan en staan waar je wil.’

Emily dacht aan die rechercheur, Georgos. Ze wist dat Cynthia gelijk had, maar ze wilde de politie helpen waar ze kon. ‘Ik ga het straks overleggen’, zei ze uiteindelijk en negeerde Cynthia’s protest. ‘Hoe gaat het daar?’

Cynthia praatte even over wat er op de redactie speelde, maar Emily had moeite haar aandacht erbij te houden. ‘Bel me als ik je ergens mee kan helpen’, zei ze uiteindelijk en hing op.

‘Hé’, zei Floor en ze wees naar de stoel tegenover Emily. ‘Bezwaar als ik bij je kom zitten?’

Emily schudde haar hoofd. Vreemd hoe dit drie dagen geleden nog ondenkbaar was geweest en nu al bijna vanzelfsprekend was. ‘Wat een bizar nieuws, hè.’

Floor haalde diep adem en schudde haar hoofd. ‘Ik heb het idee dat er meer moet zijn. Op basis van één letter op het lichaam van Antonie kan de politie toch niet concluderen dat er een volgend slachtoffer te verwachten valt? Dan had er op z’n minst een hele naam moeten staan.’

‘Ja.’ Emily trok haar mondhoeken naar beneden. ‘Misschien klopt die informatie van Barbara helemaal niet. Wie is die zogenaamde bron dan?’

‘Of misschien staat er wel een naam’, zei Floor. ‘Maar wilde de bron dat dan weer niet prijsgeven.’

Emily schoof haar bakje van zich af. Ze had geen trek meer.

'Wat ga je vandaag doen?' vroeg Floor.

Emily schudde haar hoofd. 'Proberen vanmiddag nog een vlucht naar Nederland te krijgen.'

'Bespaar je de moeite', zei Floor met een treurig lachje. 'Ik heb al gezocht. De eerstvolgende vlucht gaat over twee dagen.'

'Dan ga ik die boeken.'

Floor knikte. 'Ik word ook helemaal gek hier. Ik ben blij dat ik de huur van die auto met een dag heb verlengd, dan kan ik vandaag tenminste weg uit het hotel. Anders vlieg ik binnenkort echt tegen een muur op.' Ze keek Emily aan. 'Als je zin hebt om mee te gaan...'

'Waarnaartoe?'

Floor haalde haar schouders op. 'Gewoon. Toeren. Er schijnen wat mooie strandjes te zijn.'

'Graag', zei Emily. 'Maar vind je dat niet erg? Misschien wil je liever alleen zijn?'

'Ik zou niet weten waarom.' Floor stond op. 'Even mijn spullen pakken. Ik zie je zo.'

Over het grasveld liep ze weg, het hotel in. Emily staarde haar na. Toen stond ze ook op en liep naar haar kamer.

Met een boze plof landde de krant op zijn bureau. Georgos keek op, in het woedende gezicht van Petridis. De irrelevante vraag kwam in hem op hoe de hoofdinspecteur zo vroeg in de ochtend aan de gedrukte versie van de krant kwam.

'Hoe kan dit?' Petridis spuugde de woorden zowat uit. 'Hoe kan een van de journalisten aan informatie komen die zo vertrouwelijk is, dat zelfs niet het hele team op de hoogte is?'

Georgos trok de krant naar zich toe en keek naar de kop die in grote letters over de hele breedte van de voorpagina was gedrukt. De woorden kon hij niet lezen, maar hij wist maar al te goed wat er stond. Het internet stond er ook al vol mee.

'Informatie wordt gelekt', zei hij tegen zijn chef. 'Dat gebeurt.'

'Niet dit soort informatie.' Petridis gromde. 'Het halve eiland staat op z'n kop.'

'Misschien zet het iemand ertoe aan eindelijk eens wat meer te vertellen', zei Georgos, terwijl hij de krant opvouwde. 'Er moeten mensen zijn die meer weten en die momenteel hun lippen stijf op elkaar houden.'

'Het enige wat er gebeurt, is dat mijn telefoon roodgloeiend staat', zei Petridis, zijn ogen priemend in Georgos' richting. 'En dat van alle kanten de vraag op mij wordt afgevuurd waarom we de dader niet grijpen voor er nog meer doden vallen.' Hij snoof. 'Het klopt trouwens niet eens, die informatie in het artikel.'

Daarin moest Georgos hem gelijk geven. Het irriteerde hem dat zijn woorden waren opgeblazen tot een sensationeel verhaal dat niet strookte met de waarheid. Aan de andere kant: een doorbraak in het onderzoek zou niet vanzelf komen. Het was tijd om dingen te forceren.

Hij stond op en pakte zijn telefoon.

'Wat ga je doen?' vroeg Petridis.

'Zie je vanmiddag.' Zonder nog iets te zeggen liep hij

langs zijn chef zijn kantoor uit. Hij wenkte Irina, die meteen achter haar bureau vandaan kwam.

'Was jij het?' vroeg ze, toen ze samen met vlugge passen het bureau uit liepen.

Georgos maakte een geluid dat van alles kon betekenen. Hij gooide een setje autosleutels naar haar toe, dat ze handig opving. 'Jij rijdt.'

'Waar gaan we heen?' vroeg Irina, toen ze de parkeerplaats af reden.

'Antonies hotel.'

Ze sloeg linksaf en trapte het gaspedaal stevig in, ondanks de smalle straat. 'Nieuwe aanwijzingen?'

'Ik zat gisteravond artikelen over de moord te lezen en toen viel me iets op. Een van de journalisten van dat groepje wist iets wat wij niet bekend hebben gemaakt.'

Irina keek opzij en trok haar wenkbrauwen op.

'In haar artikel stond dat het mes afkomstig was uit de keuken van het hotel. Dat hebben we expres achtergehouden als daderinformatie.'

'Een lek?' vroeg Irina. 'Of denk je dat zij...'

Georgos trok met zijn mond. 'Ik heb haar gevraagd hoe ze aan die informatie kwam en na enig aandringen heeft ze haar bron verteld.'

'En dus heb je haar informatie gegeven', zei Irina knikkend.

Georgos staarde naar buiten. Het water in de baai van Samos-Stad weerkaatste glinsterend het zonlicht. Hij schoof zijn zonnebril naar zijn neus. Zijn collega was slim genoeg, hij hoefde het niet te bevestigen.

'Wie is de bron?' vroeg ze. 'Iemand van ons?'

'Barbara zegt dat ze het van Arjan heeft, en dat is de reden dat we nu onderweg zijn naar het hotel.'

Irina gaf geen antwoord. Even was het geluid van de motor het enige dat de auto vulde. Toen klonk de snerpende ringtone van een mobiele telefoon. Georgos keek op het scherm van de zijne. Een nummer dat hij niet kende.

'Met Mariam Karakas', zei een vrouwenstem. Georgos moest een paar seconden nadenken.

'Hallo', zei hij toen, blij dat ze haar eigen naam gebruikte en niet de naam die ze had aangenomen en die hij amper kon uitspreken.

'Ik heb nog eens nagedacht over die zinnen.' Ze praatte langzaam, aarzelend. 'Ik weet eigenlijk niet of ik dit wel moet zeggen.'

'Je kan alles zeggen.'

'Maar het is... Ik denk dat ik ze herken.'

Georgos keek naar Irina, die zijn blik ving. 'Welke herken je?'

'Meerdere eigenlijk.' Ze begon voor te lezen. '*Je kunt niet ontsnappen aan onze bestemming. Laat je meevoeren met wat komen gaat. Het lot is onomkeerbaar.*' Ze haalde diep en hoorbaar adem. 'En wat er staat over het pad scheppen en volgen, heb ik ook gezegd.'

'Je herinnert je dat nu weer?' vroeg Georgos.

Er viel een korte stilte, toen zei de vrouw: 'Ik dacht al meteen de zinnen te herkennen, maar ik wilde erover nadenken. Niet zomaar iets roepen. Maar ik kon toch niet...' Het was duidelijk dat ze het gesprek moeilijk vond. 'Ik weet zeker dat ik deze zinnen heb gezegd in een sessie met iemand en hoewel wat ik bespreek met mensen vertrouwelijk is, voel ik toch dat ik mijn mond er niet over kan houden.'

'Alles wat je aan ons vertelt, zal ook vertrouwelijk worden behandeld', zei Georgos.

'Ja.' Mariam liet een pufje horen. 'Bedankt.'

'Wie is het?'

Weer een stilte. Mariams adem ging gejaagd. Uiteindelijk klonk haar stem weer, verder weg dan eerst.

Toen ze de naam uiteindelijk noemde, hield Georgos zijn adem in.

Werk was goed. Werk was afleiding, al merkte Emily dat er veel minder uit haar vingers kwam dan wanneer ze haar aandacht er echt bij kon houden. Ze maakte typfouten in haar mails, had soms geen idee waar een bericht over ging. Ze belde de salesmanager die haar een mail vol vragen had gestuurd en daarna de marketingmanager, en merkte dat ze haar gebruikelijke scherpte volledig kwijt was. Gelukkig kon ze op begrip rekenen bij haar collega's.

'Ga je mee?' vroeg Floor, die geluidloos was komen aanlopen en nu ineens achter haar stond. Geschrokken keek Emily om.

'Sorry', zei Floor. 'Ik wilde je niet laten schrikken.'

'Daar is tegenwoordig niet veel voor nodig.' Emily glimlachte even. 'Wilde je gaan?'

Floor knikte. Even later liepen ze over de parkeerplaats naar de donkerblauwe Fiat die Floor had gehuurd. Net voor ze bij de auto waren, bleef Floor staan. Emily keek haar vragend aan.

'Ik wilde nog even zeggen...' Floor hield haar blik op de grond gericht en dacht na voor ze verderging. 'Ik wilde zeggen dat ik blij ben dat we elkaar hier tegenkomen, Em. Misschien ben ik inmiddels iets te veel ondergedompeld in de spiritualiteit, maar ik begin te denken dat het geen toeval is, of zoiets.' Ze grinnikte wat cynisch om haar eigen woorden. 'Oké, ik sla door.'

'Nee, ik begrijp wat je bedoelt', zei Emily. 'Het is goed om elkaar hier te zien. Ik heb het altijd vervelend gevonden hoe het is gelopen.'

'Ja, precies.' Floor hief haar gezicht. 'Terwijl ik je eigenlijk een heel leuk mens vind. Ik was gewoon verbitterd geraakt door wat er allemaal was gebeurd en daar had ik vooral mezelf mee. Misschien was het voor mij ook gewoon tijd om eens te vertrekken, ik werkte al acht jaar bij *Shine*. Het universum vond ook dat het tijd was om mijn vleugels uit te slaan.'

'Misschien was dat zo', zei Emily. 'Ik vind het in elk geval heel fijn dat het nu zo goed met je gaat. Volgens mij geniet je van wat je doet en dat is het belangrijkste.'

'Dat is zeker waar', zei Floor, en toen, een beetje verlegen: 'Ik zou het leuk vinden als we contact zouden houden.'

Emily had ineens te doen met Floor. Het uitspreken van haar echte gevoel kostte haar duidelijk moeite, terwijl Emily juist blij was dat ze het deed. Spontaan deed ze een stap naar voren en omhelsde haar.

‘Dit is wel tegen de regels’, zei ze, haar gezicht in de buurt van Floors oor. ‘Maar we zitten al een tijd in quarantaine, zullen we maar denken.’

Floor glimlachte en ze lieten elkaar los. Emily liep naar de passagierskant van de auto. Heel even werd haar aandacht getrokken door een beweging verderop, bij de ingang van het hotel. Maar toen ze beter keek, was er niets te zien.

Ze stapte in de auto en keek naar Floor: ‘Waar gaan we naartoe?’

Floor haalde haar schouders op. ‘Ik heb eigenlijk geen plan. Laten we maar via Samos-Stad naar het noorden rijden. Aan de noordkust heb je een mooi uitzicht, heb ik gelezen.’

Emily knikte. ‘Ik heb gehoord dat het strand van Kokkari heel mooi is.’

‘Daar heb ik ook over gelezen’, knikte Floor. ‘Er zijn veel restaurantjes, misschien kunnen we daar lunchen.’

Emily bestudeerde Google Maps. ‘De route die midden over het eiland loopt is iets langer, maar ook mooier. Zullen we die nemen? Ik zie ook dat je onderweg een paar uitzichtpunten hebt.’

‘Goed idee’, knikte Floor.

Emily keek naar het bijna lege vakje boven in haar scherm. ‘Ik zet de route even aan op jouw telefoon. De mijne is bijna leeg. Je moet hier in elk geval linksaf.’

Floor knikte. ‘Hij staat op “niet storen” omdat ik aan het rijden ben, maar je kan Google Maps gewoon gebruiken.’

‘Netjes van je’, zei Emily. ‘Ik laat hem altijd gewoon aanstaan en dan word ik er vaak door afgeleid.’

Floor trok een gezicht. 'Als je eenmaal een boete van een paar honderd euro hebt gehad, leer je dat wel af, kan ik je uit eigen ervaring vertellen.'

Floor gaf richting aan, terwijl Emily de telefoon instelde. Ze keek nog een keer naar haar eigen toestel om de batterij te controleren, maar het vakje was echt bijna leeg. Vreemd, want ze laadde hem altijd 's nachts op. Al was het hier al eerder gebeurd dat de batterij dan 's ochtends verre van vol was. Iets met de stroomvoorziening, had ze begrepen.

Misschien was het ook niet zo erg. Ze hadden Floors telefoon voor noodgevallen en verder was het goed voor haar om niet voortdurend naar het nieuws te kijken. Even loskomen van alle gebeurtenissen, dat wilde ze graag. Dat zou uiteraard niet helemaal lukken, maar elke minuut was meegenomen.

Ze leunde achterover in haar stoel en keek naar buiten. Het voelde goed om even eruit te zijn. Toerist te zijn, ook al ontbrak het vakantiegevoel. Het was alsof ze eindelijk weer wat kon ontspannen. Ze haalde diep adem. Lucht, dat had ze de laatste dagen gemist.

'Niet gezien.'

'Gisteravond nog, daarna niet meer.'

'Die is afwezig.'

Gefrustreerd beende Georgos Antoniou door het hotel. Iedereen die hij de vraag stelde, gaf een soortgelijk antwoord. Degene die Mariam net had genoemd, leek plotseling uit het hotel te zijn verdwenen. Hij klopte op deuren en opende ze zonder op antwoord te wachten. Vrijwel alle kamers waren leeg. Achter de receptie zat één dame en zij had ook geen idee.

Hij had meer rechercheurs opgeroepen en naar de hotelkamer gestuurd. 'Waar zoeken we naar?' had een van hen gevraagd. 'Alles', was Georgos' antwoord geweest.

'Inspecteur!' Een van zijn teamleden kwam op hem af, met een vierkant doosje in zijn gehandschoende hand. 'Ik denk dat u dit even moet bekijken.'

Georgos trok ook plastic handschoenen aan. Hij opende het doosje en fronste. De illustraties kwamen hem bekend voor. Het doosje was voor de helft gevuld.

'Als je afgaat op de maat, ontbreken er ongeveer drie of vier kaarten', zei de rechercheur.

Georgos haalde een plastic zakje voor bewijsmateriaal uit zijn zak en liet het doosje erin glijden. Hij overhandigde het aan de rechercheur, zodat het gelabeld en onderzocht kon worden. Snel liep de jonge man ermee weg. Georgos beende in dezelfde richting met het opwindende gevoel dat ze eindelijk voortgang boekten.

'Kijk daar!' Met haar hand wees Floor naar het uitzicht aan de linkerkant van de weg. 'Het is hier echt prachtig.'

Emily keek in de richting die ze aanwees. De weg was hier smaller en voerde vlak langs de kust, hoog op een rots. Dicht bij de kust bevonden zich zandkleurige rotsen in zee, waar de golven schuimend op stuksloegen. De kleur van het water rondom de stenen liep van donkerblauw naar turquoise, met prachtige schakeringen daartussenin.

'Als er een uitzichtpunt is, stoppen we even', zei Floor. 'Een verhaal over het hotel zit er niet meer in, maar ik wil in plaats daarvan over Samos zelf schrijven. En dit kan ook een mooie foto zijn voor bij het artikel.'

Dat was Emily met haar eens, maar Google Maps vertelde hun dat ze linksaf moesten slaan, weg van de zee.

'Jammer', zei Floor. 'Maar dan komt het op de terugweg wel.' Ze keek in haar achteruitkijkspiegel. 'Nou, haal in dan.'

Dat laatste was kennelijk voor een medeweggebruiker bedoeld. Emily leunde voorover om in de zijspiegel te kijken. Achter hen zat alleen een scooter.

'Die rijdt al een hele tijd achter me', zei Floor, terwijl ze in de achteruitkijkspiegel blikte. 'Hij jaagt me op, terwijl ik juist rustig wil rijden vanwege het uitzicht.'

'Irritant', zei Emily.

'Inspecteur!' Dezelfde rechercheur kwam terug, nu in looppas. Hij had een stapeltje papier in zijn hand. 'Dit hebben we net gevonden.'

Georgos pakte het aan. Zijn ogen gleden over de regels, maar hij begreep niet wat er stond. 'Het is in het Nederlands.'

Zijn collega hield zijn telefoon omhoog. 'Ik heb het vertaald met Google Translate.'

Georgos pakte de mobiel aan en las de Griekse tekst die door de vertaalcomputer was vervaardigd. 'Bizar', mompelde hij. 'Volslagen bizar.'

'Waar is Emily van Son?'

Georgos keek zijn collega aan. 'Goede vraag.' Hij pakte zijn telefoon en belde, maar vrijwel meteen hoorde hij een vrouwenstem die hij niet kende. De boodschap was in het Nederlands, maar Georgos hoefde de taal niet te begrijpen om te snappen dat hij verbonden was met de voicemail. Hij hing op en probeerde het meteen opnieuw, met hetzelfde effect. Binnensmonds vloekte hij.

Er kwam een andere rechercheur bij hen staan. 'Ik heb begrepen dat ze samen met een collega-journalist op pad is, Floor Goedeman', zei ze. Daarna keek ze van de een naar de ander. 'Tenminste, ik ga ervan uit dat we Emily van Son nu zoeken?'

'Ja.' Ongeduldig liet Georgos zijn telefoon door zijn handen gaan. Hij probeerde het opnieuw, maar de oproep ging weer naar de voicemail. Het leek erop dat Emily geen batterij of geen netwerk had. 'Hebben we het nummer van die Floor?'

Zijn collega knikte. 'Momentje', zei hij en pakte zijn eigen telefoon. Een telefoongesprek van een paar woorden later, noemde hij het nummer op. Georgos tikte het in. Ook deze oproep ging onmiddellijk naar de voicemail. Hij haalde diep adem, schudde een paar keer met zijn hoofd en nam toen een beslissing. 'Peil de telefoon uit', zei hij tegen de twee rechercheurs. 'We moeten ze vinden.'

Het tweetal liep weg. Georgos wilde het bureau bellen en om extra agenten vragen, maar voor hij de kans kreeg, ging zijn telefoon.

'Inspecteur', klonk de stem van Petridis. 'We hebben begrepen dat Nikolai Papakostas vannacht is ontwaakt uit zijn coma.'

Georgos knikte een paar keer. ‘Is hij aanspreekbaar?’

‘Niet erg goed, maar hij heeft een aantal dingen tegen zijn vriendin gezegd. Hij weet bijna niets meer over zijn aanval, maar hij heeft enkele vage beelden van zijn aanvaller in zijn hoofd.’ Petridis gaf hem de summiere informatie die hij had gekregen. ‘Daar kunnen we niet zoveel mee’, voegde hij eraan toe.

Georgos bleef knikken. ‘Ik heb wel een idee wie die aanvaller is.’ Hij hing op en liep verder in de richting van de hotelkamer. Onderweg kwam hij Irina tegen. ‘Kom mee naar de receptie’, zei ze, haastig doorlopend. Georgos keerde om en volgde haar onmiddellijk. ‘Wat is er dan?’

‘Het schijnt dat er een scooter is verdwenen. Ik heb zomaar het vermoeden dat onze verdachte een stukje is gaan toeren.’

Hoofdstuk 13

'MISSCHIEN KUNNEN WE DIE WEG NEMEN.' EMILY WEES naar een houten bord waarop een pictogram van een fotocamera stond. Het bord had de vorm van een pijl en wees naar een smalle, onverharde weg die tussen de bomen door leidde. 'Vanaf dat uitzichtpunt kun je dan alsnog een foto maken, want volgens mij kun je vanaf hier de zee nog zien.'

Floor remde af. 'Goed idee', zei ze en sloeg linksaf. 'Dan kan die scooter ook eindelijk... O, hij slaat ook af.'

Emily keek om. 'Misschien ook iemand die een mooie foto wil maken.'

'Ja.' Floor blikte om de paar seconden in de achteruitkijkspiegel. 'Dat zal het wel zijn, ja. Nu ik de naam van het uitzichtpunt zie, herinner ik me dat ik erover heb gelezen. Het wordt op heel veel websites aangeraden.'

De auto hobbelde over de weg. Nog tweehonderd meter tot de parkeerplaats, zag Emily op een bord. 'Van daaruit moeten we een stukje lopen', zei Floor.

De weg was echt slecht. Er klonk een luide klap toen ze door een diepe kuil reden. Floor keek Emily aan en lachte nerveus. 'Misschien hadden we toch beter een ander uitzichtpunt kunnen kiezen. De navigatie is ook helemaal in de war.'

Emily pakte de telefoon en keek naar de kaart, die nu bestond uit witte vierkantjes met een rode punt op de plek waar ze zich ongeveer bevonden. 'Niet zo vreemd, want je hebt hier geen bereik. Hij kan de kaart niet meer laden.' Ze keek om zich heen. De bomen stonden nu steeds dichter op elkaar. 'Maar de weg terug vinden we wel. Je kan hier verder toch geen kant op.'

'Daar is de parkeerplaats', wees Floor. 'Of wat daarvoor door moet gaan.'

Emily keek naar een vlak stukje grond met een vervallen bord erbij. Een laag, houten hek moest voorkomen dat auto's van de rots af reden. Floor zette de auto stil op een heel eind van het hek en allebei stapten ze uit. Zelfs tussen de bomen was het uitzonderlijk warm. Het rook naar dennen en naar iets grondigers. Emily keek om. De scooter was verdwenen.

'Waar is die nu heen gegaan?' vroeg ze en daarna, haar eigen vraag beantwoordend: 'Misschien omgekeerd omdat de weg zo slecht was. Met een auto was het al lastig, maar met een scooter is het vast niet te doen. O, kijk, hier begint het pad.' Tussen de bomen had ze een smalle opening ontdekt. Die werd gemarkeerd door een steen waarop een rode pijl was geverfd. 'Volgens mij moeten we deze kant op', zei ze en begon in die richting te lopen.

Het volgende moment verstoorde een schrille kreet de stilte. Emily keek met een ruk om. Ze ademde scherp in, terwijl haar hersenen op volle kracht probeerden het beeld dat haar ogen zagen, te verwerken. 'Floor!' riep ze, net op het moment dat die langzaam in elkaar zakte.

'We hebben geen signaal meer.' Irina zwaaide heen en weer met haar mobiele telefoon, alsof dat het bereik zou kunnen terugbrengen. 'Ik heb vol netwerk, maar de telefoon van Floor niet.'

Georgos keek snel opzij en richtte zijn ogen toen weer op de weg. Hij moest goed opletten. De loeiende sirene op het dak verschafte hem weliswaar de toestemming om stoplichten en voorrangsborden te negeren, maar dat kon alleen als hij zijn volle aandacht bij de weg hield. Hij remde toch af, niet zeker of een automobilist die van rechts kwam en zelf groen licht had, de naderende politieauto had opgemerkt. Op het laatste moment stond de bestuurder boven op zijn rem, Georgos trapte het gaspedaal weer in.

'Heb je de laatste locatie nog?' Irina knikte. 'We rijden daarheen', zei Georgos. 'Misschien zien we ze vanaf daar.'

'Tussen de bomen heb je altijd slecht netwerk', zei Irina, die had uitgezoomd en de locatie bestudeerde. 'Er is ook een uitzichtpunt, misschien zijn ze daarnaartoe gegaan. Maar daarvoor moet je een eindje het bos in rijden. En volgens mij moet je vanaf de parkeerplaats nog een stukje lopen, maar dat weet ik niet zeker.'

Irina reikte naar de mobilofoon en bracht de collega's in de auto achter hen op de hoogte. 'Eén auto zal straks de weg blijven volgen, één auto rijdt naar het uitzichtpunt', zei Georgos en Irina gaf het door. Georgos knikte geconcentreerd. Het overzicht houden, de coördinatie blijven voeren, vooruitkijken – dat was waar het in dit soort acties op aankwam. Niet ter plekke eens gaan bedenken wat er moest gebeuren, dat kostte tijd die ze niet hadden.

Althans, dat dacht hij. Zeker weten kon hij het niet. Misschien bleek de hele actie achteraf overbodig, of voorbarig. Politiewerk kende een ingewikkelde balans tussen altijd uitgaan van het allerergste en dat juist nooit doen. De beslissing tussen die twee uitersten nam je in het ideale geval op basis van feiten, maar doorgaans ontbraken die en kwam het aan op gevoel. Intuïtie. Aangevuld met ervaring. En vandaag zei zijn gevoel dat het mis was.

'Floor! Wat...' Hijgend van schrik en ongeloof rende Emily om de auto heen. Er gebeurde zoveel tegelijk dat het niet binnenkwam. Ze staarde naar de vrouw die net nog gezond en wel naast haar in de auto had gezeten. Met wie ze had gepraat, die was uitgestapt en die nu op de grond lag, kermend van pijn en met in haar witte T-shirt een rode vlek ter hoogte van haar zij. Een rode vlek die zich kruipend uitbreidde. Emily liet zich op haar knieën vallen.

'Floor, ik moet... Ik ga...' Ergens in haar hoofd kwam kennis op die ze ooit had opgedaan op een EHBO-cursus. Kennis die ze nooit eerder in de praktijk had hoeven brengen. Ze legde haar handen op het bloed en duwde. De wond dichthouden, het bloeden beperken, langzaam kwamen er zinnen terug uit het boekje dat ze destijds uit haar hoofd had geleerd.

Pas toen realiseerde ze zich dat er iemand naar haar keek.

Ze hief haar hoofd. Zwarte laarzen, zwarte broek, zwart jack. Veel te warm voor deze temperatuur, dacht ze irrelevant. Het hoofd werd bedekt door een donkere helm. Ze keek naar de hand. Wilde het eerst niet zien. Wilde het niet weten. En toen ze zich uiteindelijk realiseerde wat ze zag, ontsnapte een schorre kreet aan haar keel. Het mes was lang en dun en had een rode waas van het bloed van Floor.

Telefoon, dacht Emily. Ze moest bellen. Politie, ambulance, wie dan ook. Maar ondanks haar razende gedachten bleef ze doodstil zitten. 'Wie ben je?' vroeg ze, bibberend. Automatisch sprak ze Engels. 'Waarom heb je...'

De figuur stopte het mes weg tussen de broekband. Daarna gingen de handen omhoog, naar de helm. Automatisch dook Emily in elkaar. Twee handen op de helm, die langzaam werd verwijderd. Ze zag een kin, een mond, een neus, de ogen. Krullen die werden bevrijd en nu over de schouders vielen. Emily knipperde. Het lukte haar letterlijk niet om haar eigen ogen te geloven. Haar brein speelde spelletjes met haar en stuurde in eerste instantie een gevoel van opluchting haar lijf in. Het was tenminste een bekende. Iemand die kwam helpen. Het mes klopte alleen niet. Er klopte helemaal niets.

Het volgende moment was de opluchting verdwenen. Ze had geen idee hoe en waarom, ze wist alleen maar dat ze tegenover iemand zat met een vlijmscherp mes en de intentie om hen allebei neer te steken.

Toen ze de naam uiteindelijk uitsprak, klonk haar stem krakend en bibberend. 'Barbara?'

Geen reactie. Het enige geluid was het gekreun van Floor, die haar pols had gegrepen en smeekte om hulp. Emily slikte moeizaam, haar mond voelde als schuurpapier. 'Ja', zei ze, en daarna nog een paar keer. 'Ik ga... Ik moet... Ambulance...'

Ze moest de wond loslaten. Meteen gulpte er bloed uit. Haar handen, haar armen, haar jurk, het zat meteen overal. Ze zocht op de grond, wild met haar handen over de stenen, het harde zand. Floor moest de telefoon in haar hand hebben gehouden, maar waar was hij nu?

'Zoek je deze?' vroeg Barbara. Emily keek om. Floors telefoon in Barbara's handen. Haar eigen telefoon zonder batterij. Dat was het moment dat angst pas echt door haar aderen begon te racen.

'Alsjeblieft', zei ze en ze stak haar hand uit. 'Ik weet niet wat ik heb gedaan, of Floor, of wij allebei. Ik weet niet waarom je dit doet. Maar laat me alsjeblieft hulp inroepen voor haar. Je wil toch niet dat zij...' Haar mond ging verder met praten, woorden rolden eruit, terwijl haar gedachten een andere kant op gingen. 'Je wil niet dat ze doodgaat,

Barbara. Dan heb je straks nog een...' Op tijd stopte ze. Een moord op je geweten, dat had ze willen zeggen.

Barbara reageerde met niets dan een glimlachje. 'Jij en ik gaan wandelen', zei ze tegen Emily.

'Wat? Nee!' Emily week achteruit en raakte het hete blik van de auto. 'Ik wil niet... Laat me gaan. Ik zal niemand vertellen dat je hier bent geweest. Ik zal ook niet vertellen van Floor. Maar laat ons alsjeblieft gaan. Je wil dit niet, Barbara. Dat geloof ik niet. Je wil dit niet op je geweten hebben.'

Ze liep verder achteruit, om de auto heen. De sleutels, ze had de sleutels nodig. Die moesten ergens bij Floor liggen. Een weg die nu door Barbara werd geblokkeerd. Ze liep verder achteruit, om de motorkap, langs de passagierskant. Barbara volgde de route, kalm, zelfverzekerd, alsof ze de hele situatie onder controle had. Ze had het mes weer in haar hand genomen. Floor huilde en schreeuwde, maar de kracht begon uit het geluid te verdwijnen.

'Alsjeblieft...' smeekte Emily. 'Ik weet niet wat ik...'

Barbara was sneller. In één katachtige beweging stond ze naast Emily, het volgende moment voelde het alsof Emily's adem werd afgesneden. Het staal van het mes flikkerde voor haar ogen en drukte toen zwaar en scherp tegen haar keel. Ze gilde, verstijfde en gilde opnieuw. Het lemmet sneed gemeen in haar keel en Emily verbeeldde zich dat het bloed eruit spoot. Een allesverlammende angst maakte zich van haar meester.

'Goed zo', zei Barbara, zonder een spoor van goedkeuring in haar stem. 'Jij doet vanaf dit moment precies wat ik zeg, anders gebeuren er nog ongelukken.'

'Emily, alsjeblieft... Help...' Van Floors stem was niets dan een zacht gefluister over. 'Het doet... pijn...'

Emily wilde iets roepen, maar ze durfde niet te praten. Barbara's arm was als een klem om haar nek en als ze bewoog, voelde ze het mes prikken. Als ze deed wat Barbara zei, meewerken, zorgen dat ze werd losgelaten, en dan haar kans pakken. Eén moment, één foutje, en ze zou misschien kunnen ontsnappen. De sleutels pakken, wegrijden. Hulp halen. Of misschien moest ze naar de hoofdweg rennen. Als ze heel hard rende, en er kwam net een auto aan...

'Lopen', zei Barbara en ze duwde haar in de richting die de rode pijl aanwees. 'Het uitzicht schijnt prachtig te zijn.'

'Heb je iets?' vroeg Georgos.

Irina schudde haar hoofd. 'Nee.' Ze probeerde het nummer nog maar eens te bellen, maar kreeg de voicemail. 'Niets.'

'En de laatste locatie?'

'Daarvoor moeten we straks rechtsaf. Nu nog niet', voegde ze er snel aan toe, toen ze een kruising naderden.

De mobilofoon begon te kraken. 'Verdachte gezien op beveiligingscamera's', was de mededeling. 'Vertrokken op zwarte scooter, met zwarte helm op.' Wat volgde was het kenteken van de scooter. Irina herhaalde het hardop om het te onthouden. Georgos haalde diep adem en gaf nog wat extra gas op het rechte stuk. Versterking vanuit Samos-Stad was onderweg, hadden ze net gehoord.

Barbara. Het knaagde aan hem dat hij het gisteravond

niet had gezien. Als hij al een verdenking had gehad, was die misschien op geen enkele manier hard te maken. Maar zelfs die verdenking was er niet geweest en dat hield hem bezig. Had hij iets gemist? Had hij beter moeten opletten? Barbara's verhaal had plausibel geklonken: een journalist met een bron. Geen relatie tot de slachtoffers, maar eropuit om als eerste een goed artikel te brengen. Dat was wat journalisten deden. De vingerwijzing naar Arjan was onzin, hadden collega's inmiddels vastgesteld. Hij zei van niets te weten en in het licht van de ontwikkelingen geloofde Georgos hem.

Zijn telefoon ging. Irina nam op en zette hem op de speaker. Het was een van de rechercheurs. 'We hebben bloedsporen gevonden in de badkamer van Barbara's hotelkamer', zei hij. 'Weggespoeld uiteraard, maar luminol heeft ze aan het licht gebracht.'

Georgos knikte een paar keer. Het was niet meer dan een bevestiging van wat ze eigenlijk al dachten. Natuurlijk was het bloed weggewassen, maar luminol had de prettige eigenschap dat het zelfs bloed dat met schoonmaakmiddel was verwijderd, nog aan het licht kon brengen.

Irina gaf antwoord. 'Laat het forensisch team de bloedsporen veiligstellen en proberen DNA-onderzoek te doen. Onderzoek alle oppervlakken in de kamer met luminol en zoek ook naar kleding die is verborgen of weggegooid. Er mag geen enkele vuilniszak meer het hotel verlaten zonder dat die is onderzocht.' Ze dacht een paar seconden na. 'En vraag na wanneer de ophaaldienst voor het laatst de containers van het hotel heeft geleegd.'

De rechercheur hing op. 'Het motief ontgaat me', zei Irina.

Georgos greep het stuur nog steviger beet. 'Daar zullen we hopelijk snel achter komen.'

'Nee, nee!' Emily probeerde te vertragen. Barbara was sterk, maar dat gold voor haar ook. Het vlijmscherpe mes brandde tegen haar huid, maar ze negeerde de pijn. Ergens was een gevoel van fatalisme in haar gekomen. Barbara zou niet aarzelen het mes te gebruiken, dat had ze bij Floor gezien. Gewond raakte ze dan toch wel, misschien erger. Verzet was haar enige kans.

Ze begreep er niets van. Het kleine deel van haar hersenen dat nog gedachten toeliet, leek wel een wirwar van draden. Draden die nergens heen gingen, maar allemaal door elkaar zaten gedraaid. Verwarring, vragen, onbegrip.

'Waarom?' vroeg ze, maar die vraag bleef onbeantwoord.

'Doorlopen', gromde Barbara, haar ene arm als een klem om Emily's borst, terwijl haar andere hand het mes tegen Emily's keel hield. Emily struikelde half. Het pad liep ten einde, het uitzichtpunt kwam in zicht. Emily zag het hekje. Hout, twee balken, meer was het niet. Het mes drukte weer hard in haar huid.

Barbara bleef staan. Heel even was de hand met het mes het enige wat Emily tegenhield, de andere haalde iets uit haar broekzak wat zwart en rechthoekig was. Het volgende moment vloog het al door de lucht en had Barbara Emily weer klemvast.

Ze vervloekte zichzelf. Ze had van het korte moment gebruik moeten maken, nu was het alweer te laat.

Ze keek zo ver als ze kon zien. Achter het hekje was een afgrond, veel lager ging het bos verder. De telefoon die Barbara net had weggegooid en die van Floor was, zou meteen kapot zijn. Zelfs als iemand haar zou zoeken en zelfs als diegene op het idee zou komen de locatie van Floors telefoon daarvoor te gebruiken, zou diegene niets meer vinden. Het was te veel 'als', te veel onwaarschijnlijkheden. Ze hadden niemand verteld dat ze weggingen, laat staan waarheen.

Wild trapte ze naar achter. Ze kronkelde, beet, trapte opnieuw. Barbara leek van staal te zijn en Emily voelde het mes dieper tegen haar keel snijden. Ze werd vooruitgeduwd, nu stonden ze vlak bij de rand. 'Nee!' krijste Emily. Haar gedachten liepen op haar vooruit met beelden die ze niet wilde zien. Een lichaam – dat van haar – dat over de rand viel. Meters lager de keiharde rotsen raakte, verdween tussen de bodem. Niemand zou dat overleven.

In een reflex stootte Emily met haar elleboog. Die raakte hard het bot van Barbara's neus. Even verdween de arm, Barbara kreunde en greep naar haar neus.

Dit was het moment, haar kans. Emily kronkelde zich los. Haar voeten begonnen al te rennen voor ze was ontsnapt. Barbara vloekte. Kwam achter haar aan.

Toen was het alsof haar lichaam door een aardbeving was bevangen. Een smak op de grond, alles door elkaar geschud. Gewicht boven op haar. Emily huilde en schreeuwde, of kwam het geluid van Barbara? Vanuit haar ooghoek zag Emily haar arm bewegen, eerst hooggeheven, en toen verbeten naar beneden.

De steek voelde als een explosie in Emily's zij. Brand waar de vlammen uit leken te slaan. Barbara trok haar overeind. Emily staarde naar de vlek in haar lichtgele shirt. Donkerrood bloed. Barbara hield het mes omhoog. Emily voelde haar knieën week worden. Langzaam zakte ze in elkaar.

Blijven zitten, dacht ze. Niet gaan liggen. Ze wist niet waarom het uitmaakte, maar het maakte uit. Het kostte haar al haar kracht, maar ze bleef op haar knieën zitten. Barbara liet haar eindelijk los, maar ze versperde de toegang naar het pad. Emily hijgde. Het zou haar nooit lukken om langs Barbara te komen. De pijn voelde diep, ze was duizelig. De hand die ze tegen haar zij gedrukt hield, was warm en plakkerig geworden. Barbara was aan de winnende hand. Emily voelde haar krachten wegglijden. Ze sloot haar ogen. Haar lichaam leek het op te geven.

'Wacht!' Irina greep haar telefoon steviger beet. 'Ik heb een nieuwe locatie. Blijkbaar is er netwerk op de telefoon.'

'Kun je bellen?' vroeg Georgos, maar meteen ging de oproep naar de voicemail.

'Misschien staat hij uit of is het netwerk weer weggevallen', zei Irina. 'Maar de locatie is veranderd.' Ze gebruikte haar vingers om in te zoomen op het scherm. 'Ze zijn van de weg af gegaan', zei ze, niet-begrijpend. 'Het lijkt wel... Omkeren!'

Georgos stelde geen vragen, maar deed onmiddellijk wat ze hem opdroeg. Irina greep de mobilofoon en gaf de gps-coördinaten van de telefoon door aan de wagens die achter hen reden. Twee ervan veranderden van route, twee volgden de oorspronkelijke weg. Ze konden niet voorzichtig genoeg zijn nu elke seconde het verschil kon maken.

Georgos en Irina bereikten de juiste weg, Georgos stuurde de auto naar links. Andere auto's wachtten keurig tot de politiewagen met sirenes de kruising was gepasseerd.

'Het lijkt erop dat ze zijn gaan hiken', zei Irina, het scherm bijna tegen haar neus. 'De telefoon bevindt zich echt tussen de bomen. Volgens de kaart is daar geen pad, maar niet alle wandelpaden staan hierop.'

Hiken was goed, dacht Georgos. Dan zouden ze vanaf de weg niet zichtbaar zijn. Niet vindbaar voor Barbara. 'Zijn de honden onderweg?' vroeg hij aan Irina. Die knikte. 'Net vertrokken vanaf het bureau.'

Twee minuten verstreken, drie. 'Hier stoppen!' riep Irina. Georgos trapte onmiddellijk de rem in. Hij zette de auto stil aan de kant van de weg. Allebei stapten ze uit en trokken een kogel- en steekwerend vest aan. Georgos keek omhoog. Het enige wat hij zag was een dicht bos en steile rotsen. En geen pad.

Hoofdstuk 14

HET GELUID VAN DE KREKELS KLONK ONNATUURLIJK. Tientallen, misschien wel honderden, moesten er zijn. De wind ruiste zacht door de bomen. Ergens in de verte klonk het geluid van een auto. Die raasde net zo hard voorbij. Emily's hart bonkte tegen haar ribben. De wond schuurde en brandde. Toen haar eigen stem de stilte tussen hen doorbrak, klonk die vreemd in haar oren. 'Waarom?' vroeg ze alleen maar. En daarna: 'Wat wil je van mij?'

Barbara staarde eerst een hele tijd terug. Het was ondoenlijk de blik in haar ogen te peilen. Ze had haar ogen half dichtgeknepen. Emily vroeg zich af of ze haar überhaupt had gehoord. Uiteindelijk schudde Barbara langzaam met haar hoofd. 'Soms begrijp je er niets van, hè?'

Emily haalde trillend adem. 'Waarvan?'

'Van alles.' Met haar vrije hand gebaarde Barbara naar niets in het bijzonder. 'Het plan en waarom dat zo is.'

Het plan. Emily slikte. Vaag drong het besef door dat ze dit eerder had gehoord, maar ze wist niet meer waar.

'Soms begrijp je het echt niet', herhaalde Barbara en ze schudde haar hoofd. Emily begon te vermoeden dat zij niet werd bedoeld met 'je'. 'Dan sturen ze iets op je pad, waar je maar mee moet dealen.'

Emily aarzelde. Nu vluchten geen optie was, zou ze misschien mee moeten praten.

'Ja', zei ze. 'Dat is ingewikkeld.'

'En waarom dan ook jou?' Barbara keek haar nadenkend aan. 'Als ik dit niet had doorgekregen, zou ik nooit aan jou hebben gedacht.'

Emily slikte. Er zat zand in haar mond. 'Wat heb je doorgekregen?' vroeg ze. Ze sloot haar ogen en kromp ineen. Zette zich schrap voor als het de verkeerde vraag bleek te zijn.

Weer een stilte. Langzaam opende Emily haar ogen. Barbara had niet bewogen. In plaats daarvan keek ze nog steeds op Emily neer, in haar ogen een soort verwondering.

'Kijk, ik voelde het al de hele tijd.' Barbara keek nadenkend. Afwezig, ook. Haar blik was schuin omhoog gericht, zo geconcentreerd dat Emily dezelfde kant op keek omdat ze dacht dat daar iets te zien was. Er was niets anders dan de toppen van de bomen.

'Wat?' vroeg ze met schorre stem, toen Barbara niet verder praatte. 'Wat voelde je?'

'Dat er iets stond te gebeuren. De tijd zat eraan te komen.

Er was een verandering gaande.' Ze lachte even, maar er was geen vreugde te zien in haar blik. 'Het werd ook weleens tijd. Mijn pad was lang, weet je.' Ze keek Emily fronsend aan. 'Hobbelig, ook. Ik vroeg me vaak af waarom ik zoveel moest leren.'

Emily begreep niets van haar woorden. 'Leren?'

'Ervaren', zei Barbara, met veel nadruk op de tweede lettergreep. 'Zo moet je het eigenlijk zeggen. Iedereen krijgt ervaringen die passen bij zijn of haar eigen plan. En ik moest blijkbaar verlies ervaren, pijn, bedrog. Voordat ik kon inzien wat goed was voor mij.'

Emily zei niets meer. Het plan, ervaringen, leren – ze wist dat er mensen waren die geloofden dat het leven al was uitgestippeld en dat datzelfde leven of een hogere macht gebeurtenissen in gang zette om de ziel te vormen. Het was een spirituele benadering van het leven waar ze eigenlijk nooit genoeg over had nagedacht – of zich in had verdiept – om te bepalen in hoeverre ze hier zelf in geloofde. Misschien klopte het wel, misschien bestond er geen toeval maar gebeurde alles met een reden. Misschien ontmoette je bepaalde mensen omdat ze je een les te leren hadden, een mooie les of juist een pijnlijke.

'Maar hoe pas ik daar dan in?' vroeg ze. 'Hoe pas ik in het plan?'

Barbara keek haar verwonderd aan. 'Dat vroeg ik me eerst ook af. Maar nu weet ik het. Jij bent het plan.'

Emily voelde zich duizelig van haar pogingen Barbara's gedachten bij te houden. 'Hoe weet je dat?' vroeg ze, haast fluisterend.

Barbara knipperde een paar keer. Het mes leek losjes in haar hand te hangen, maar toch kon Emily zien dat haar knokkels wit waren van het knijpen. Ergens in de verte hoorde ze weer het geruis van een langsrijdende auto. De impuls om te schreeuwen kwam op, maar die wist ze te onderdrukken. De afstand tot de weg was groot, veel te groot. En boven het geluid van een motor uit zou niemand haar horen. Haar hoop was dat er meer mensen waren die het uitzicht wilden bewonderen. De gedachte dat er nu maar weinig toeristen op Samos waren, drukte ze weg. Ze moest hoop houden. Zonder hoop was ze nergens.

Ze bewoog en de wond in haar zij voelde alsof die verder openscheurde. Haar T-shirt zat nu helemaal vastgeplakt, de vlek verspreidde zich niet verder maar leek wel dieper rood te kleuren.

'Ergens wist ik het al', beantwoordde Barbara toen haar vraag. 'Maar ik wilde het niet zien. Mijn blik was vertroebeld door allerlei aardse zaken. Blokkerende gevoelens als onzekerheid en angst om afgewezen te worden. En toen kwamen we hier en durfde ik me eindelijk open te stellen. Mijn energie ging weer stromen en mijn blik ging open. Ik begreep ook ineens de droom die ik had in de nacht voor ons vertrek naar Samos. Daarin zag ik iemand die op jou leek en die me wenkte.'

Emily keek naar Barbara. Die leek wel bezeten, met ogen die vlamden en een stem die vreemd hoog klonk. 'Op het moment dat ik je zag, deed het me nog niets. Maar toen we eenmaal hier waren, kreeg ik het inzicht.'

Emily had zoveel vragen dat ze er juist niet één haar mond uit kreeg. 'Hoe?' vroeg ze alleen maar.

'Het kwam gewoon allemaal samen', zei Barbara, duidelijk blij bij de herinnering. 'En het medium hielp me ook. Zij zei precies de juiste dingen. Die heb ik ook nog naar jou gestuurd.'

Emily keek haar niet-begrijpend aan.

'De kaarten', zei Barbara. 'Het medium zei ook dat als ik iets wilde, ik zelf iets in die richting moest sturen. *Send*, zei ze, in het Engels natuurlijk. Ik heb dat letterlijk gedaan.'

De misselijkheid die al die tijd al aanwezig was, werd heftiger. Het waren golven waardoor Emily overspoeld dreigde te worden. Haar arm was verkrampt van het drukken tegen de wond.

'De kaarten kwamen van jou', zei ze zacht en moeizaam.

'Ja, maar jij begreep het niet. Je begreep er sowieso helemaal niets van.' Barbara's stem klonk nu grimmig. 'Ik deed alles voor jou, voor ons, en wat deed jij? Elke keer aanpappen met een ander. Hoeveel obstakels ik ook uit de weg ruimde voor ons.'

Emily deed haar mond open, maar sloot hem weer. Ze wilde niet vragen wat Barbara daarmee bedoelde. En ze probeerde uit alle macht om de gedachte aan het antwoord op die vraag tegen te houden.

'De eerste keer was het makkelijk', vertelde Barbara nu. Casual, alsof ze een luchtige anekdote opdiepte. 'Even vooraf draaien aan de knoppen van de apparatuur en ach, ineens was er onder water geen lucht meer. Kwam die relatie met die duikinstructeur toch nog van pas.'

'Zara', zei Emily, zacht en piepend. Ze wist niet eens of het hoorbaar was. Alles wat Barbara zei klonk zo vergezocht dat Emily het gevoel had in een zeer slechte show te zijn beland. 'Maar waarom?'

'Waarom?' Barbara keek niet-begrijpend. 'Dat snap je toch wel?'

Emily staarde haar aan. Ze kon gewoon niet geloven dat Barbara Zara had vermoord. En al helemaal niet vanwege deze idiote reden. Het plan? Obstakels? 'Zara had er niets mee te maken', zei ze. 'Zij en ik... we kenden elkaar niet eens.'

'Ze nam mijn plaats in. Je had alleen nog maar oog voor haar.'

'Waar heb je het over? We hebben alleen wat gekletst.' Emily voelde ineens een enorme boosheid in zich opvlammen. 'Je kunt niet serieus menen dat je haar hebt vermoord omdat zij en ik af en toe zaten te praten. Welk plan of welke stem je ook hebt doorgekregen, dit slaat helemaal nergens op.'

'Ik wist dat het me niet makkelijk gemaakt zou worden', zei Barbara. Met haar vrije hand wreef ze nu onophoudelijk over de hanger van de ketting om haar nek. Koraal, herinnerde Emily zich nu weer. Barbara had er een heel verhaal over gehouden. De werking van de steen, waarom die belangrijk voor haar was. Bloedkoraal, zo had ze het uitgesproken. Met terugwerkende kracht liep er bij dat woord een huivering over Emily's rug.

Barbara praatte verder. 'Ik had al zoveel moeite gedaan om te komen waar ik was en nu moest ik ook doorzetten.

Dat ik nieuwe opdrachten kreeg, verbaasde me dan ook helemaal niet. En ja, ik vond het zelf ook best wel heftig.'

'Maar je deed het toch.'

'Ja.' Barbara keek verbaasd. 'Ik had immers geen keus. Ik kon nu niet meer stoppen, nu het einddoel zo duidelijk was.'

Ik, realiseerde Emily zich. Ik ben het einddoel. Wat dat ook mocht betekenen.

'Ze hoefde toch niet dood', zei ze. Haar stem klonk krachteloos. 'Je had toch ook...' Ze sloot haar ogen en schudde haar hoofd. Waarom deed ze dit? Barbara was duidelijk niet voor rede vatbaar.

'Natuurlijk wel', zei Barbara, opgewekt. 'Wanneer je een opdracht krijgt, een les, een ervaring, dan moet je daardoorheen. En dit was mijn opdracht.'

'Maar Zara en ik hadden niets met elkaar.'

Barbara schudde haar hoofd. 'Ik weet echt wel hoe een connectie eruitziet. Een connectie tussen jou en Zara, tussen jou en Antonie, tussen jou en...

'Tussen mij en Antonie?' De misselijkheid werd erger. 'Je hebt toch niet ook Antonie...'

'Natuurlijk wel, het liep anders heel snel uit de hand. Ik had het idee dat je het na Zara wel zou begrijpen, maar je richtte je aandacht meteen op iemand anders. En toen droomde ik dat hij dood was en wist ik dat het mijn nieuwe opdracht was.' Ze grinnikte, het geluid klonk gek en hard door het bos. 'Het is me niet makkelijk gemaakt, hoor.'

Emily's arm was nu gevoelloos. Ze wist niet eens of ze de wond nog wel dichtdrukte. Ze voelde zich leeg en uitgeput.

Het idee dat Zara en Antonie waren gestorven voor haar, voor dit absurde idee van een plan, was onverteerbaar.

'Ik heb Antonie bijna niet gesproken', zei ze zacht. 'En alleen maar kort. Hoe kan je nu gedacht hebben dat...'

'O nee?' Barbara hield haar hoofd schuin. Ze telde op haar vingers. 'Gesprekken, omhelzingen, het werd steeds erger.'

Omhelzingen? Emily moest haar ogen sluiten om haar gedachten te dwingen terug te gaan in de tijd. Had ze Antonie omhelsd?

Toen herinnerde ze het zich weer. Dat ene, ongemakkelijke moment, vlak voor ze met de nieuwsberichten naar de politie ging. De middag dat hij...

'Dat had niets te betekenen', zei ze, haar ogen weer open. 'Dat je denkt dat hij... dat wij... Er was helemaal niets tussen ons.'

'Ik weet wat ik zie en ik weet ook wat mij dan te doen staat', zei Barbara, totaal niet van haar stuk gebracht. 'Je hebt het aan jezelf te wijten. Ook dat je daarna net zo hard naar die ander rende.'

Emily wist echt niet wie ze bedoelde. Was er nog iemand geweest? Nog een dode?

'Wie?' vroeg ze, hard en bang. 'Wie heb je...'

'Je ex', zei Barbara. 'Als hij dat tenminste is.'

'Nikolai?' Het voelde als een dreun in haar hoofd. 'Was jij dat ook?'

'Ja.' Barbara keek nukkig, ontevreden ook. 'Ik had dat beter moeten doen. Maar in elk geval stond hij ons ook niet meer in de weg.'

Emily deed haar mond open, maar zei niets. Ze zoog lucht naar binnen. Het was alsof de adem in haar keel en longen brandde. Flarden van wat Barbara had gezegd schoten als bliksemschichten door haar hoofd. Begrijpen deed ze het niet. Geloven amper.

Het was te veel, veel te veel om nu te kunnen behappen. Twee levens beëindigd vanwege een of ander plan, of een stem die iets had gezegd? Allerlei waanbeelden die ertoe hadden geleid dat Barbara kleine, alledaagse gesprekken en gebeurtenissen als enorme aanwijzingen was gaan zien? Nikolai die zwaargewond in het ziekenhuis lag, terwijl hij er al helemaal niets mee te maken had? Ze kneep haar ogen dicht. 'En Floor dan?' vroeg ze. 'Je kan onmogelijk hebben gedacht dat zij en ik...'

Barbara tuitte haar lippen. 'Eerst niet, nee', zei ze hoofdschuddend. 'Maar in plaats van dat jij een keer ging luisteren naar wat je werd verteld, richtte je je tot haar.'

Emily dacht vluchtig aan de omhelzing bij het hotel. Was dat een uur geleden? Iets langer? En nu lag Floor zwaargewond – of erger – op honderd meter afstand en was er niets wat ze voor haar kon doen. Ze keek naar Barbara en zoog meer lucht naar binnen, maar wist niet wat ze moest zeggen.

Takken maakten striemen op zijn blote onderarmen, maar Georgos merkte het amper. Hij trok zichzelf omhoog aan een boom, zijn voeten vonden grip op een recht stuk grond. Daarna stak hij zijn hand uit naar Irina en hielp haar omhoog.

Hij keek om zich heen. De geluiden van het bos vulden zijn oren. 'Het moet hier ergens zijn', zei Irina met haar telefoon in haar hand. Georgos begon de hoop te verliezen dat ze de telefoon in gezelschap van Floor en Emily zouden aantreffen.

'Die kant op.' Irina wees met haar hand en begon ook meteen in die richting te lopen. Er was geen pad, meer een opening tussen bomen door. De helling was steil, de bomen groeiden hier min of meer uit de rotswand. Georgos' voet bleef haken achter een wortel en bijna verloor hij zijn evenwicht.

Ze liepen een halve minuut, een hele. Plotseling bleef Irina staan. 'We zijn nu precies op deze stip', zei ze, haar vinger tikkend tegen het scherm. 'De locatiebepaling zou tot op tien meter nauwkeurig moeten zijn, al kan het in een gebied waar het netwerk slecht is meer zijn.'

Georgos kneep zijn ogen samen. Een straal van tien meter leek op dit punt al veel te veel. 'Bel nog eens', zei hij, maar Irina schudde haar hoofd. 'Het toestel is uitgeschakeld.'

Georgos haalde diep adem. De kans dat de telefoon zich hier überhaupt nog bevond, was klein. Het klopte sowieso van geen kant. Er was geen enkele logica te ontdekken in deze plek. Waarom zouden Floor en Emily een stuk zijn gaan wandelen in een stuk bos dat op sommige stukken ongeveer horizontaal uit een rots groeide, zo dicht bij een doorgaande weg? Er waren genoeg mooie wandelroutes op Samos, om iets van het eiland te zien hoefde je niet per se hier te zijn. Het was zelfs ten zeerste af te raden.

Hij wilde net voorstellen om terug te keren naar de auto, toen Irina riep: 'Daar!' Hij hoorde de opwinding in haar stem. 'We hebben hem!'

Ze liep een paar meter bij haar collega vandaan en viste toen een zwarte iPhone tussen wat lage struiken vandaan. In één stap stond Georgos naast haar. Ze overhandigde hem het toestel, hij sneed zich bijna aan de barsten in het glas. Tevergeefs drukte hij op wat knoppen. De telefoon kwam niet tot leven. Het was niet eens zeker of het wel Floors iPhone was.

Opnieuw keek hij om zich heen, terwijl hij nadenkend met de telefoon tegen zijn hand tikte. Zijn brein probeerde razendsnel de situatie te overzien, maar er ontbraken zulke grote stukken logica dat het plaatje totaal niet duidelijk werd. Zelfs als Barbara Emily en misschien Floor op een of andere manier had gevonden en haar duivelse ideeën ook op hen wilde toepassen – over het waarom daarvan tastte Georgos nog in het duister – dan zou ze hen toch niet meenemen naar een plek die al moeilijk begaanbaar was als je alleen jezelf in de gaten moest houden? Wanneer je iemand tegen z'n zin probeerde mee te nemen door dit gebied, zou je vrijwel zeker uitglijden en meters lager terechtkomen. Het meenemen van een lichaam dat niet protesteerde maar ook niet meewerkte – bewusteloos, of erger – was al helemaal geen optie.

Zijn portofoon kraakte, hij draaide het volume zachter. Een paar meter verderop beantwoordde Irina de vraag van een van hun collega's. Georgos keek omhoog langs de rotswand. Hij kneep zijn ogen samen. Met zijn hand maande hij Irina tot stilte. Hij legde zijn hoofd verder in zijn nek. Zijn collega volgde zijn blik. 'Wat?' vroeg ze fluisterend.

Dat wist Georgos eigenlijk zelf ook niet. Zijn aandacht was getrokken door iets, of eigenlijk was het meer dat zijn onderbewuste hem had gewaarschuwd. Een geluid, een beweging, hij kon zijn vinger er niet op leggen. Hij greep de tak van een boom en trok zichzelf omhoog voor een beter zicht.

Boven hem – hij schatte de afstand op een meter of vijftien – zag hij een houten hek. Door de bomen kon hij het niet zo goed bepalen, maar het leek het uitzichtpunt te zijn dat ze op de kaart hadden gezien. Het punt waar de telefoon zich eerder in de buurt had bevonden, maar die plaatsbepaling kon onnauwkeurig zijn. Hij keek omlaag, waar het kraken van takken de komst van collega's aankondigde.

'Hebben jullie iets?' vroeg een jonge agent. Irina praatte hem bij over de telefoon. Georgos hees zichzelf verder omhoog. De spieren in zijn armen protesteerden, maar hij vond zijn evenwicht en bleef stil op de boomtak zitten.

Nu hoorde hij het. Stemmen die van boven hem kwamen. Een vrouw. Hij sloot zijn ogen. Toen nog een stem. De woorden kon hij niet verstaan, maar de stemmen herkende hij.

Hij liet zich vlug uit de boom glijden. Irina en de twee agenten keken hem verwonderd aan. 'Naar de auto!' riep hij en zo snel als hij kon, begon hij naar beneden te klimmen.

Emily begon haar kracht te verliezen. Zweet droop in straaltjes over haar voorhoofd en prikte op haar rug. Elke beweging deed pijn. Ze durfde niet meer te kijken naar het bloed op haar shirt.

Barbara keek langs haar heen, in gedachten verzonken. Ze praatte tegen Emily, maar had zich net zo goed tegen de lucht kunnen richten. 'Ik dacht dat je het na de dood van Zara wel had begrepen. Ook met die kaarten. En toen had ik ook nog de eerste letter van je naam op het lichaam van Antonie achtergelaten. Maar nee, je was zo hardleers, Emily.' Nu keek ze haar recht aan, priemend. 'Jij hebt dit op je geweten, dat besef je wel, toch? Dit is wat er gebeurt als je niet luistert naar wat het leven je wil vertellen.'

'Ik weet niet hoe...' Emily beet op haar onderlip. Ze voelde pijn. Fysiek, maar dat was het minst erg. Veel erger was de mentale pijn, die zich door haar hele lichaam leek te verspreiden. Zara. Lieve, mooie Zara die zoveel had om voor te leven. Antonie, die net zijn grote droom had verwezenlijkt. Gedood, vermoord vanwege een of ander knettergek geloof in een plan?

Ze keek op, haar gezicht vertrokken van pijn en verdriet. 'Maar je had het toch ook gewoon kunnen zeggen tegen mij?'

'Natuurlijk niet', zei Barbara, alsof dat logisch was. 'Jij moest het zelf ondervinden, zoals ik het ook zelf had ondervonden. Ik wilde je best helpen door je de juiste richting te geven. Door alles wat je zicht vertroebelde te verwijderen en je kaarten te sturen met aanwijzingen. Maar uiteindelijk moest je het zelf inzien.'

Stemmen in haar hoofd, waanbeelden... Emily was geen psychiater maar de term schizofrenie kwam bij haar op. 'Ik wist niet dat je op vrouwen viel', zei ze. De bedoeling achter die opmerking was haarzelf ook niet helemaal duidelijk. Ergens had ze het idee dat ze het gesprek moest wegleiden van haarzelf.

Barbara haalde kort haar schouders op. 'Mannen, vrouwen, daar gaat het mij niet om. Ik val op een ziel.'

Zo'n antwoord had ze kunnen verwachten, bedacht Emily. Barbara deed een stap naar voren. Automatisch week ze zelf achteruit, wat haar een nieuwe scheut van pijn opleverde. 'Ik vind het ook jammer, Emily.'

Emily keek naar haar op. Ze had kramp in haar hele lijf. 'Wat?' vroeg ze, haar stem verwrongen. 'Wat vind je ook jammer?'

'Dat het op deze manier moet gaan. Dat het niet zo mocht zijn.'

'Hoe bedoel je?' Ze week verder achteruit, de paniek begon weer te golven. 'Dat wat niet zo mocht zijn?'

'Wij, natuurlijk.' Barbara was nu zo dichtbij dat Emily de bezetenheid in haar ogen kon zien.

'Maar we zijn...' Emily dacht razendsnel na. 'We zijn hier nu toch. Ik weet eindelijk wat het plan is. Niets staat dat nog in de weg.'

'Nee.' Barbara schudde krachtig met haar hoofd. 'Het is al te laat.' Ze bewoog het mes. Een zonnestraal die tussen de bomen door viel, weerkaatste precies in het lemmet.

'Maar als ik het plan ben...' Emily sloot even haar ogen. Ze moest haar woorden nu zorgvuldig kiezen. 'Als ik het plan ben, waarom wil je dan...' Ze knikte in de richting van het mes. 'Ik begrijp het niet.'

Barbara staarde zelf ook naar het keukenmes in haar hand. 'Omdat je het niet zelf hebt gezien', zei ze toen. Er lag ineens een harde trek om haar mond. 'Dat inzicht is essentieel en dat heb je niet. Ik heb je op zoveel manieren laten merken dat wij voor elkaar bestemd zijn en je deed er niets mee. Ik heb onze obstakels overwonnen, zoals de opdracht was. En wat deed jij? Zo snel mogelijk proberen naar Nederland te vluchten. Je zag het niet. Of nee...' Ze stak haar hand met daarin het mes in de lucht. Automatisch dook Emily verder naar de grond. 'Je wilde het niet zien.'

'Ik wist niet dat...'

'Stil.' Barbara greep het mes nog beter vast. 'Het is te laat. Je moest het zelf inzien, anders zou het nooit gaan werken. En dat heb je niet gedaan. En dus is het over.' Ze maakte een wegwerpgebaar met haar vrije hand. 'Voorbij.'

'Maar ik...' De paniek benam Emily nu de adem. 'Ik kan toch...'

'Nee.' Barbara zette nog een pas in haar richting, Emily kroop weer achteruit. Nog een pas, nog een pas en toen voelde ze het hekje dat haar scheidde van de afgrond in haar rug prikken. Barbara's hand met daarin het mes kwam in beweging. Het laatste geluid dat in Emily's oren weerkaatste, was haar eigen gegil door het bos.

Hoofdstuk 15

'HARDER!' OP DE PASSAGIERSSTOEL DUWDE IRINA HAAR neus bijna tegen de voorruit. Ze keek op het scherm van haar telefoon. 'Het moet hier ergens zijn.'

Op het rechte stuk trapte Georgos het gaspedaal nog wat verder in. De motor loeide en de auto zette een tandje bij. De maximaal toegestane snelheid was hier zeventig, de meter in het dashboard tikte nu de honderdtwintig aan. Ze naderden een bocht. Met een verbeten trek om zijn mond liet Georgos het gas even los.

'Daar!' wees Irina. 'Bij dat bordje!'

Uitzichtpunt, las Georgos en hij trapte de rem zo hard in dat kinetische krachten vreemde dingen deden met zijn lichaam en dat van Irina. Meteen daarna stuurde hij de auto scherp naar links. Achter hem deed een gemarkeerde politieauto hetzelfde. Ze vlogen bijna tegen het dak toen de auto door een kuil reed. Overal op de onverharde weg lagen losse stenen. Maar Georgos minderde geen vaart.

'Er staat een auto!' riep Irina, toen ze de parkeerplaats bereikten. Georgos remde hard. Irina sprong uit de wagen.

'Slachtoffer!' riep ze en meteen greep ze haar portofoon om een ambulance op te roepen. Georgos rende naar haar toe. Donker haar, zag hij. Bril. 'Dat is Floor!' Hij keek om zich heen, maar Emily was nergens te bekennen.

'Inspecteur!' De andere wagen was gearriveerd en een van de agenten stond aan de rand van de parkeerplaats, waar het bos begon. 'Er ligt hier een scooter.'

'Jullie twee!' Georgos wees naar de twee agenten. 'Ontferm je over het slachtoffer! Irina, jij gaat met mij mee!'

Georgos pakte zijn eigen portofoon en riep alle wagens op om naar de parkeerplaats te komen. Meteen kwam er vanuit drie auto's bevestiging. 'Wij gaan vast', zei Georgos en automatisch legde hij zijn hand op het wapen dat in de houder aan zijn riem zat. Hij keek Irina aan. Die knikte.

Georgos moest nu snel beslissen. Vanaf het lagergelegen stuk bos waar hij net was, had hij stemmen gehoord. Het was altijd lastig om te bepalen uit welke richting geluid kwam, maar als hij zich niet vergiste, waren er twee mensen op het uitzichtpunt geweest.

'Deze kant op', zei hij en in looppas bewoog hij zich naar het pad richting het uitzichtpunt. Irina volgde hem. Automatisch probeerden ze allebei zo stil mogelijk te zijn.

Het pad maakte een bocht en toen nog eentje en daarna kwam het uitzichtpunt in beeld. Georgos bleef staan aan de rand, net achter een boom. Aan de overzijde van het pad deed Irina hetzelfde. Georgos keek naar het tafereel dat zich voor zijn ogen afspeelde. Hij hield zijn adem in.

Met het vlijmscherpe lemmet van het mes tegen haar keel en Barbara's arm als een klem om haar romp, kon Emily nog maar één ding bedenken.

'Help!' schreeuwde ze zo hard mogelijk. 'Help me!'

'Nee', gromde Barbara verbeten. 'Als we niet samen kunnen zijn, dan zullen we samen gaan. Dat is de opdracht.'

'Help!' schreeuwde Emily weer. Ze verbeeldde zich dat ze iets hoorde. Stemmen, autoportieren... het moesten de producten van haar door doodsangst overmande hersenen zijn. Desondanks bleef ze schreeuwen. 'Iemand! Help me!'

'Stil!' riep Barbara. 'Niemand zal je helpen. Ik ben er en dat is genoeg. Wij zijn er samen. Dat is het enige wat we nog kunnen doen, Emily. Samen sterven. Dan is het goed. Dan klopt het eindelijk.'

Emily vocht om los te komen, ook al voelde ze hoe het mes haar huid brandend doorboorde. 'Nee!' gilde ze. En toen nog eens, harder: 'Nee!'

Maar hoe ze ook vocht, Barbara was sterker. Emily voelde de pijn toenemen, en daarmee nam haar kracht juist af. Ze dacht aan Floor, aan Zara, aan Antonie, aan Nikolai. Met alles wat ze in zich had duwde ze Barbara van zich af, maar het lukte niet. Ze hoorde de lage toon van Barbara's stem, hummend, grommend bijna. Ze mocht niet opgeven. Ze kon niet opgeven. Maar ze kon ook niet winnen.

Georgos keek naar Irina en daarna achter zich. Versterking was onderweg, nog één minuut, hooguit twee. Hij richtte zijn blik weer op Barbara. Die tijd hadden ze niet. Weer ving zijn blik die van Irina. Hij maakte een minieme beweging met zijn hoofd. Ze knikte. Beiden legden ze hun hand op hun dienstwapen in de holster. Vrijwel tegelijkertijd trokken ze het tevoorschijn en stapten uit hun dekking. Er knapte een tak onder Georgos' voet, bij Irina rolde een steen weg. Onmiddellijk draaide Barbara zich om. Ze had minder dan een seconde nodig om te reageren op hun aanwezigheid.

'Kom dichterbij en Emily is dood', zei ze in het Engels, terwijl ze het mes koud en kalm tegen Emily's keel drukte. Emily zat op haar knieën. Een straaltje bloed sijpelde al langs haar huid naar beneden. Haar T-shirt vertoonde een enorme rode vlek. De huid van haar gezicht was intens bleek, bijna grijs. Georgos bleef staan. Irina volgde zijn voorbeeld. Emily keek hem aan met doodsangst in haar ogen. Hij krulde zijn vinger om de trekker van zijn wapen.

Ze waren er. Emily wist niet hoe, maar ineens stonden daar de twee rechercheurs die ze kende. Allebei hadden ze hun wapen geheven, de man – Georgos, herinnerde ze zich – nam het woord.

'Laat haar gaan, Barbara', zei hij. Hij sprak langzaam. 'Laat haar gaan, dan vallen er niet nog meer gewonden.'

Barbara lachte honend. 'Zij blijft bij mij.'

Emily hoorde nu de vrouwelijke rechercheur het woord nemen. 'We weten wat je hebt gedaan, Barbara', zei ze. 'Het is voorbij. Maak het niet nog erger, voor jezelf. Ik weet zeker dat als je Emily laat gaan...'

'Onzin!' riep Barbara. Emily kromp ineen, maar Barbara's arm hield haar omhoog. Ze kreeg amper lucht. 'Als jullie weten wat ik heb gedaan, weten jullie ook dat ik het meen. Als jullie dichterbij komen, steek ik haar dood.'

Was dit het moment? Die gedachte ging door Emily's hoofd. Was dit dat beroemde moment waarop je leven zich als een film voor je geestesoog afspeelt, net voordat je sterft? Ze slikte moeizaam en sloot even haar ogen, om ze meteen daarna weer te openen. Geen film. Alleen snijdende pijn in haar zij en haar keel, en een hart dat het bijna leek te begeven. Ze keek naar Georgos Antoniou. Smekend, hem dwingend met haar blik om in actie te komen. Als hij niets deed, was ze sowieso dood. Barbara zou het doen, daar twijfelde Emily niet aan. De politie moest daar ook niet aan twijfelen. Haar enige kans was het risico. Het risico dat de politie kennelijk niet durfde te nemen.

Georgos bewoog niet meer, Irina ook niet. Al zijn spieren stonden gespannen. In zijn hoofd was hij kalm, zoals altijd wanneer de stress van een situatie opliep. Het was een mechanisme dat vele jaren ervaring hem had opgeleverd. Altijd rustig blijven nadenken, nooit een overhaaste beslissing nemen door stress. Hij staarde naar Barbara in de baan van zijn pistoolloop. Geen vrij schot. Die mogelijkheid viel af.

Irina probeerde het opnieuw met praten. Overtuigen. Barbara gaf geen centimeter toe. Toch leverde het gesprek iets op: tijd. Tijd die de anderen nodig hadden. Georgos bewoog zijn blik naar links. Tussen de bomen zag hij, heel kort, beweging. Zonder overleg wisten de collega's gelukkig precies wat er van hen werd verwacht.

Hij richtte zijn blik weer op Barbara, en Emily. Het uitzichtpunt was eigenlijk een open plek tussen de bomen, aan de rand afgezet met een hekje. Aan weerszijden – aan beide kanten ongeveer een meter of tien van Barbara en Emily af – bevond zich bos. Georgos richtte zijn blik nu ook naar rechts. Hij meende ook daar beweging waar te nemen. Als beide teams erin slaagden om via de beschutting van het bos zo dicht mogelijk bij Barbara te komen, zou zij overmeesterd kunnen worden voor ze zelf doorhad wat er gebeurde. Dan moest Irina haar aan de praat houden, afleiden. Hij keek zijn collega niet aan. Vertrouwen, daar kwam het nu op aan. Vertrouwen dat zij het ook had gezien. Dat ze wist wat er van haar werd verwacht. Tussen de bomen zag hij nog iemand lopen. Drie man aan elke kant. Hij haalde diep adem. Het moest genoeg zijn. Dat moest.

Hij wachtte vijf seconden, tien. Zodra zijn collega's in actie zouden komen, moest hij hetzelfde doen. Ze stonden nu aan de rand van het bos, uit het zicht van Barbara die naar Irina keek. In zijn hoofd telde Georgos af. Met zijn vingers deed een van de collega's hetzelfde, als communicatiemiddel met de drie man aan de andere kant. Portofoons waren nu onbruikbaar. Elk geluid kon de situatie volledig doen kantelen. Nog drie vingers, nog twee, nog één...

Emily wist niet wat er gebeurde. Ze hoorde een schreeuw, misschien van haarzelf, misschien van Barbara. Het volgende moment landde ze hard met haar gezicht op de grond, waarbij de rand van een kei hard scherp jukbeen raakte. Een explosie van pijn in haar hele lichaam volgde. Was ze geraakt? Gestoken? Ze wist het niet.

Harde stemmen dreunden door haar hoofd. Mannen en vrouwen die dingen naar elkaar riepen, Barbara die krijste en schreeuwde. Iemand knielde naast haar neer. 'Emily?' vroeg de stem, een mannenstem die haar bekend voorkwam. Het volgende moment werd ze op haar rug gedraaid. De man riep om een ambulance. Vrijwel meteen kwamen er nog meer mensen aangerend. Vanuit haar ooghoek zag Emily hoe Barbara op haar buik op de grond lag. Twee agenten hielden haar vast, een derde deed handboeien om. Barbara kronkelde om los te komen, maar het drietal was sterker.

Ze sloot haar ogen. Het was alsof haar krachten nu langzaam uit haar wegvloeiden. Er waren handen die haar omgaven, een brandende pijn in haar zij, een vrouw van haar eigen leeftijd die zich over de wond ontfermde. Emily opende haar ogen weer. De vrouw droeg een donkerblauw uniform met een logo op haar borst, waaruit Emily opmaakte dat ze ambulanceverpleegkundige was. Een andere vrouw pakte haar arm en prikte er een naald in. Emily had het gevoel dat ze als door een waas overal naar keek. Een waas die langzaam aangroeide tot een dichte mist. De mannenstem klonk weer dichtbij. Door de waas zag ze de rechercheur weer. 'Je bent veilig', zei hij, zijn stem kalm. En toen nog een keer, terwijl zijn warme handen de hare omvatten: 'Je bent veilig, Emily.'

Hoofdstuk 16

HET FRISSE ZEEWATER VOELDE WELDADIG OP HAAR gloeiende huid en Emily liet zich langzaam vooroverzakken. Zout prikte op haar lippen en een beetje op het litteken van de wond, maar de ergste pijn was al achter de rug. De wind speelde met een losgeraakte haarlok. Ze bleef drijven en keek voor zich, naar de uitgestrekte turquoise zee, de kleine golfjes, de boten die aan de horizon voorbijdreven. Nog een paar uur voor ze de zon van Samos zou inruilen voor Nederlands herfstweer. Het vertrek was een moment waarnaar ze had uitgekeken, maar nu het dichterbij kwam, voelde het toch vreemd. Alsof ze een plek verliet waar ze nog niet klaar was. De vraag was of ze hier ooit klaar zou zijn. Of ze het ooit zou kunnen afsluiten.

Vijf dagen. Het voelde als zoveel langer. Vijf dagen sinds Barbara haar lugubere bekentenis had gedaan, sinds ze ook haar met de dood had bedreigd, sinds ze Floor had verwond. Emily keek om, naar het strand, de tweede rij strandbedjes. Daar lag Floor met een boek. Ze was gisteren ontslagen uit het ziekenhuis, haar herstel ging boven verwachting goed. Ze had nog veel pijn en de wond zou nog tijd nodig hebben om te genezen, maar in elk geval waren er geen vitale organen geraakt en zou Floor weer volledig herstellen. Emily liet haar vinger even over haar eigen wond in haar zij gaan. Haar huid trok en brandde, maar ook dat zou wegtrekken. Ook zij had geluk gehad. De snee in haar keel was gelukkig oppervlakkig geweest.

Automatisch gleden haar gedachten naar de gebeurtenissen op het uitzichtpunt. Haar overtuiging dat ze het niet zou overleven, de paniek die ze had gevoeld en die zich aan de binnenkant van haar huid leek te hebben gehecht. Ze kon het gevoel op elk moment nog terughalen. Dan golfde het weer door haar heen, maakte haar weer misselijk. De blik in Barbara's ogen, zo kil, zo bezeten, zo vastbesloten. Ze zou het gedaan hebben, daarvan was Emily overtuigd. Met dezelfde bezetenheid had ze Zara gedood, en Antonie. Had ze Nikolai zo zwaar mishandeld dat hij net zo goed ook had kunnen overlijden. Ze was ontzettend blij dat het met hem inmiddels een stuk beter ging. Hij was ontwaakt uit zijn coma en begon alweer op te krabbelen. Twee dagen geleden had hij een stukje gelopen en het praten ging ook steeds beter. De artsen hadden de voorzichtige voorspelling uitgesproken dat hij er niets aan over zou houden.

Bij de herinnering aan hun gesprek in het ziekenhuis kreeg ze automatisch een brok in haar keel. Haar schuldgevoel was enorm. Als zij niet naar hem toe was gegaan, als zij hem er niet onbewust bij had betrokken... Maar hij had haar alleen maar gerustgesteld. Zij kon er niets aan doen, ze was zelf ook slachtoffer. Die woorden betekenden veel voor Emily.

Het was ook waar, dat wist ze zelf ook wel. Ze was slachtoffer. Voor hetzelfde geld was ze er niet meer geweest, dat had letterlijk minder dan een minuut gescheeld. Barbara deinsde nergens voor terug en blijkbaar was haar nieuwste 'opdracht' geweest dat Emily moest sterven.

Barbara was inmiddels onderzocht door een psychiater van de politie. Emily wist niet wat de uitkomst daarvan was, maar ze had wel begrepen dat uit Barbara's medische gegevens – die in Nederland waren opgevraagd – was gebleken dat ze al eerder onder behandeling van een psychiater was geweest. Wat Emily van rechercheur Georgos Antoniou had gehoord, was dat in elk geval haar werkgever daarvan niet op de hoogte was. Niemand van haar collega's had ooit iets aan haar gemerkt, hadden ze inmiddels verklaard. Het idee beangstigde Emily. Blijkbaar kon iemand met een ernstige geestesziekte toch zo normaal overkomen.

Barbara had inmiddels officieel bekend dat ze Zara en Antonie had vermoord, en Nikolai, Floor en Emily ernstig had verwond. Ze zat nu in de gevangenis en werd verder ondervraagd, tot de zaak aan het openbaar ministerie zou worden overgedragen. Vooruitlopend op de rechtszaak en het vonnis had Georgos Antoniou zich laten ontvallen dat haar straf waarschijnlijk fiks zou zijn en dat ze daarnaast ongetwijfeld verplichte behandeling opgelegd zou krijgen voor haar psychische problemen. Emily had uit alle macht geprobeerd om ook medelijden te voelen met Barbara, maar op dit moment overheerste de woede. Misschien zou ze op een dag kunnen inzien dat Barbara ziek was. Die dag was alleen nog lang niet aangebroken.

Dobberend in zee liet ze haar blik over het strand dwalen. Het was rustig op het strand. Normaal gesproken was het in het hoogseizoen moeilijk om een plekje te bemachtigen op Psili Ammos, had ze gelezen. Het was immers een van de populairste stranden van het eiland. Maar het gebrek aan toeristen maakte het dit jaar anders.

Met langzame slagen zwom ze terug naar de kant. In de branding bleef ze zitten. Ze haalde haar voet door het zand en keek hoe haar tenen verdwenen. Psili Ammos was een van de weinige zandstranden op Samos en dat was ook de reden dat ze hiernaartoe waren gegaan. Lopen kostte Floor nog moeite en moeizaam over kiezels wandelen zou een martelgang voor haar zijn. Emily keek naar het nieuwe badpak dat zij voor Floor had gekocht. 'Als ik een bikini aantrek, maak ik iedereen bang', had haar vriendin, want zo zag Emily haar inmiddels, met een halve grijns gezegd.

Het klopte wel, het litteken op Floors flank was niet alleen fors, het was ook nog behoorlijk rood en de hechtingen waren duidelijk zichtbaar. Wat dat betreft was Emily er zelf beter vanaf gekomen, besefte ze. En dat was een waarheid waarmee ze moeite had. Zara, Antonie, Nikolai en ook Floor – allemaal hadden ze een hogere prijs betaald dan zijzelf voor de waanbeelden van Barbara. Rationeel gezien wist ze dat zij er niets aan kon doen, gevoelsmatig vond ze het heel moeilijk te verwerken dat anderen waren gestorven of zwaargewond waren geraakt door iets wat met haar te maken had, niet met henzelf.

De afgelopen nachten had ze amper geslapen. Elke keer als ze haar ogen dichtdeed, was daar die ene vraag: wat had ze gemist? Als ze beter had opgelet, als ze had gezien wat er met Barbara aan de hand was... Had ze de boodschap op de kaarten dan toch kunnen ontcijferen? Het waren vragen die maar als pingpongballen door haar hoofd bleven gaan. En die nooit een antwoord vonden.

Nadat ze uitgebreid door de politie was ondervraagd, had ze via hen een psycholoog toegewezen gekregen. De vrouw was gespecialiseerd in hulp aan slachtoffers en Emily had niet geweten wat ze de afgelopen dagen zonder haar had gemoeten. Het enorme schuldgevoel dat op Emily drukte, had ze iets weten te verlichten en ze had haar doen inzien dat Barbara geestesziek was en dat niets van wat zij had gezegd, ook maar enige rationele grond had. Die gedachte had Emily enige rust gegeven, al zou het tijd kosten om ook daadwerkelijk te voelen dat zij Barbara's daden niet had kunnen voorkomen. Wat dat betreft was ze er nog niet. In Nederland zou ze opnieuw hulp moeten zoeken bij de verwerking van wat er allemaal was gebeurd.

Ze kwam overeind en liep naar de bar om iets te drinken te bestellen. Een vrolijke ober van een jaar of twintig beloofde de drankjes naar hun bedjes te brengen en Emily liep naar Floor.

‘Lekker gezwommen?’ vroeg die, terwijl ze haar boek aan de kant legde.

Emily knikte. ‘Het water is heerlijk. Jammer dat je er nog niet in mag.’

Allebei richtten ze hun blik op de horizon. Floor was de eerste die de stilte doorbrak. ‘Gek om naar huis te gaan, vind je niet?’

Emily keek even opzij. Ze knikte. ‘Ja, ook omdat het nooit meer hetzelfde zal zijn. Er zal altijd een voor en een na deze reis zijn.’

Floor knikte een paar keer. ‘Ja, en dat is moeilijk. Maar ik denk ergens ook: ik zal het leven niet snel voor lief nemen.’ Ze glimlachte even. ‘Misschien maakt deze hele situatie dat ik alleen maar clichés kan bedenken, maar ik zie nu wel in dat ik me voorheen vaak richtte op negativiteit. Ik was veel bezig met wat ik niet leuk vond, wat er niet goed ging en wie ik niet mocht. Te veel, eigenlijk.’

Emily keek haar aan. ‘Ik vind het knap dat je zo snel al iets positiefs hieruit weet te halen.’

Floor trok even met haar mond. ‘In het ziekenhuis heb ik veel tijd gehad om na te denken.’

‘Nou, dat zeker.’ Emily glimlachte. Meteen bij aankomst in het ziekenhuis was Floor geopereerd, de twee dagen daarna had ze veel geslapen. Emily had zelf na één nacht het ziekenhuis al mogen verlaten, haar wond was niet zo ernstig als die van Floor. Ze wilde onder geen beding terug naar het resort van Antonie, ook omdat haar medereizigers inmiddels naar huis waren. Daarom had ze haar intrek genomen in een hotel dicht bij het ziekenhuis en had ze, als ze niet bij de politie was voor het afleggen van verklaringen en het beantwoorden van vele vragen, naast het bed van Floor gezeten.

'Hé Em...' haalde Floor haar nu uit haar gedachten. Emily keek naar haar. Floor slikte een paar keer en richtte haar blik op de zee. 'Ik weet niet zo goed hoe ik dit moet zeggen, maar ik wil je bedanken. Dat je bent gebleven.'

'Ah, joh...' Emily begon de woorden al weg te wuiven. 'Dat is toch helemaal niet...'

'Nee, ik meen het.' Floor keek haar weer aan, serieus nu. 'Na hoe ik me naar jou toe heb gedragen, had je net zo goed kunnen denken: stik er maar in. Ik ben echt onaardig geweest en daar heb ik spijt van.'

Emily zweeg. Ze dacht aan de periode met Floor op de redactie, die inderdaad niet erg prettig was geweest. Maar het leek al zo lang geleden. Onbelangrijk ook, na alles wat er was gebeurd.

'Ik zat in die periode niet goed in mijn vel en dat heb ik allemaal op jou geprojecteerd', ging Floor verder. 'Dat was niet goed. Jij kon er niets aan doen.' Ze keek Emily nu weer aan en glimlachte waterig. 'Zie je, al die tijd om na te denken heeft me goedgedaan.'

De ober dook op bij hun bedjes en zette voor hen allebei een flesje cola light en een glas met een kleurrijk rietje neer. Emily glimlachte bij wijze van bedankje en schonk hun glazen vol. Daarna overhandigde ze Floor het hare.

'Ik ben blij dat je dit zegt', zei Emily. 'Maar voor mij is wat er toen is gebeurd allang niet meer belangrijk. Ik vind het fijn dat het uit de lucht is, ook al voordat...' Ze had nog steeds moeite het uit te spreken. 'Voordat je in het ziekenhuis terechtkwam. En nu...' Ze nam een slok van haar drankje. Toen haalde ze diep adem en vermande zich. 'We hadden allebei dood kunnen zijn, dat realiseer ik me heel goed. Dat heeft ons veranderd. En dat heeft ons ook dichter tot elkaar gebracht. Voor mijn gevoel gaat dat niet meer kapot. Dat is ook een van de positieve dingen die deze hele situatie ons heeft gebracht.'

Floor stak haar hand uit en legde die even op Emily's arm. Hoewel ze naar anderen toe de coronaregels streng opvolgden, hielden ze onderling geen afstand meer. 'Het betekent veel voor mij dat je dit zegt', zei Floor. 'Ik zou het heel fijn vinden als we bevriend kunnen blijven. Na alles wat we hebben meegemaakt...' Ze haalde diep adem. Emily zag dat dat haar moeite kostte. 'Ik denk dat we allebei veel tijd nodig hebben om dit te verwerken en ik hoop dat we elkaar daarbij ook kunnen helpen.'

'Ja.' Emily legde haar eigen hand boven op die van Floor. 'Dat weet ik wel zeker.'

Ze kneep even in Floors hand. Daarna richtte ze haar blik naar de zee. Haar vriendin deed hetzelfde. Samen staarden ze naar het water, de golven die in een eeuwigdurend ritme aan land bleven komen, de zonnestralen die als duizenden diamantjes weerkaatsten in het azuurblauwe water. Dat ze er nog was, dat ze hier mocht liggen, dat ze dit kon zien – Emily wist dat dat een geschenk was dat ze niet zomaar voor lief mocht nemen. Ze sloot even haar ogen en dacht aan Zara, aan Antonie. Het leven beschouwen als een cadeau, elke dag weer, dat was ze aan hen verplicht.

Playa Blanca

€ 17,50

Ciao Bella

€ 17,50

Sneeuwblind
€ 15,-

Provence
€ 10,-

Zandvoort aan Zee
€ 15,-

Familiediner
€ 10,-

Strandslag Texel
€ 12,50

Ibiza Club
€ 7,50

Zoutelande
€ 12,50

Costa Brava
€ 6,-

Bestemming Bonaire
€ 6,-

Zomernacht

€ 6,-

Casa Ibiza

€ 6,-

Winterwereld

€ 6,-

Zomerhuis

€ 6,-

Winterzon

€ 6,-

Zeezicht

€ 6,-

De jaarclub

€ 6,-

Vive la France

€ 6,-

Ski resort

€ 6,-

Villa Toscane

€ 6,-

Off piste

€ 6,-

Viva España

€ 6,-

Winter chalet

€ 6,-

Blue Curaçao

€ 6,-

Piste alarm

€ 6,-

Last minute

€ 6,-

Vakantievrienden

€ 6,-

Voetbalvrouwen

€ 6,-

Linda van Rijn is bestsellerauteur van vakantiethrillers. Van haar boeken zijn meer dan 2,5 miljoen exemplaren verkocht. Linda van Rijn is het pseudoniem van Mariëtte Middelbeek. Zij is journalist en auteur en publiceert ook onder haar eigen naam. Naast romans, bundels met waargebeurde verhalen en (jeugd)thrillers schrijft Mariëtte historische romans in de serie Vrouwen van Vechtlust.

ISBN 978 94 6068 475 3
€ 21,99

ISBN 978 94 6068 605 4
€ 21,99

Colofon

Redactie: Karin Dienaar
Omslagontwerp: Riesenkind
Omslagbeeld: Shutterstock/ Breslavtsev Oleg
Zetwerk: Mat-Zet bv, Huizen
Druk: Norhaven

Eerste druk oktober 2020
Zesde druk oktober 2022

ISBN 978 94 6068 614 6
E-ISBN 978 94 6068 745 7
NUR 305

Uitgeverij Marmer BV
Noorderstraat 55
3742 BB BAARN
T: +31 649881429
I: www.uitgeverijmarmer.nl
E: info@uitgeverijmarmer.nl

@lindavanrijnthrillers
@lindavanrijnthrillers